【新版】日本の民話75

奈良の民話

松本俊吉 編

未來社

まえがき

五月雨《さみだれ》の季節を迎えると、わが家には、一つの悩みが生れる。大正のはじめに建てられた書斎兼居間の屋根の、どのあたりに発生源があるのか、雨脚《あまあし》の方向によって、ポタリポタリと雨のしずくが畳を濡らす。さあ、大変、ビニールの風呂敷を広げ、洗面器で受ける。その時、必ず「もるぞおそろし」の言葉が出て、妻も子供も、笑い合うのである。

時おり、友人などと梅雨《つゆ》どきの雨漏りの話が出ると、「もるぞおそろし」を持ち出すが、ほとんどの人たちは、狐につままれたように、その意味がわからずけげんな顔つきをしていて、話が合わない。わたしの家で伝承している「もるぞおそろし」に出てくる恐ろしい動物は、狼《おおかみ》である。「わたくしの家で」といったのは、何も誇張で無い。わたくしの妻・智恵子（大正九年十一月一日生）の母―松本イヱ＝一八九九〜一九六五、北葛城郡広陵町沢、生駒郡斑鳩町竜田北之庄生れ＝が話者で、わたくしの子供三人も、母の実家で祖母から添寝の物語として、聞かせてもらったという。

話は「もるぞおそろし」だけでない。例えば、すずめの汁・なまけ半助・長い名前・ヒチコとハチコの伊勢まいり・雪ん子・うたよみなどがあり、笑い話といったのも入っている。以上は妻のうろおぼえであるから、母イヱはもっといろいろ知っていたであろうが、採録しない間にこの世を去った。まして、イヱに話をしたイヱの父・御宮知竹蔵の妹つぎさんは、もっと数多くの話を持っていたであろう。自慢めいた話になって恐れ入るが、奈良県は民話不毛の地として、このごろますます盛んになってきた口承伝承―民話の発掘から、長らく疎外されてきた。かつてわたくしが、『近畿民俗』第三十六号（昭和四十年刊）で指摘したように、奈良の民話は余り多くない。去る昭和四十七年四月から一ヵ年にわたり、大和タイムス＝当時＝の紙上で連載した「ふるさとを行く―民話」では民話という題にはそぐわない、伝説が主なその内容であったが、それが奈良の豊住書店社長・豊住謹一氏の眼にとまったのが、本書を生む端緒となった。

伝説の方は、在地性のため、地域の郷土研究には幅広く利用され、また採集もされる。そのため、『大和の伝説』という集大成した文献もあるし、子供向けに書下した故仲川明さんの『子供のための大和の伝説』が、奈良新聞社（大和タイムス社を改称）から刊行されて一四版を重ねている。ことわっておきたいのは、伝説と民話は全然違うということ。しかし伝説は民話を土壌として育った樹木であるということである。そんなわけで、大和の伝説を仔細に検討してゆくと、いくつかの貴重な民話が素材のままかくされているのを発見できる。例えば桜井市粟原に伝承されている「松尾長者とみいさん」の伝説〈『大和の伝説』六六一話〉は、蛇聟入《へびむこいり》といわれる民話と同内容で、三輪山説話に入るもの。また、宇陀郡室生村笠間＝旧山辺郡東里村＝の「長者屋敷跡」〈『大和の伝説』七一四話〉は、「夢の蜂」の変型で、普通はあぶ（虻）か蜂だが、笠間では蜘蛛《くも》が人を導いて黄金を発見させる財宝発見物語。

しかし、奈良県下で民話が記録になって文字化されたものは断片的で、古くは故沢田四郎作編の『大和昔譚』（一九三一年）、宮本常一著の『吉野西奥民俗採訪録』（一九四二年）があったのみだが、戦後わたくしの広陵町大字沢《さわ》の昔話（『近畿民俗』第三十六号所収、一九六五年）に刺激されて、中上武二さん（奈良市立帯解小学校教諭）が故郷の吉野郡野迫川村弓手原《いではら》の昔話をまとめられた（『近畿民俗』第三十七号所収、一九六五年。のち加筆して『野迫川村史』に収む）。その後、宇陀の曾爾・御杖両村で採集されたのや、京都女子大学説話文学研究会員による山辺郡都祁・山添両村、五条市、吉野郡下北山村、また立命館大学の岡節三氏の西吉野村における採訪によって、話例が増加しつつあるのは喜ばしい。

奈良の民話は点ばかりで、線にはならない。しかし、吉野山間は別として、大和の国中《くんなか》と大和高原・宇陀山中で話をつたえているところが、いずれも伊勢街道を面しているのは少しばかり興味がある。わたくしが発表した民話〈『近畿民俗』所収〉の一つ――「狐の恩返し」は笑い話だが、舞台は伊勢まいりの出発地の河内の国〈大阪府〉である。伝説になっている笠間の長者物語も、伊勢と大阪が地名として登場する。民話には地名など出ないわけだが民話を各地へ運んだ人たちが、お伊勢まいりの人々とかかわっていたのではないかと思う。

奈良の民話をまとめさせていただいたかげに、遠い昔から語りついでこられた皆さんの口承伝承に対する深い努力があったからで、わたくしは単にそれを文字化し、適当に配列したに過ぎない。松本家で伝承していた四十余編を軸に、先学各位のご発表の中から、内容のあるものを地理的に取捨して再話した。再話に当っての語り口は旧制天理中学校時代の恩師・新藤正雄著『大和方言集』(一九五一年)を参考とした。また、内容について『日本昔話通観』第15巻(一九七七年)によるところが多かったが、再話に際しての典拠は、それぞれの単行本・雑誌・町村史に求めた。したがって、奈良県下を対象としてまとめられた単行本――例えば奈良のむかし話研究会編『奈良のむかし話』をそのまま転載していないことをおことわりしておく。終りに当って、心よく再話をゆるされた原話者ならびに採集者のみなさん、『大和の伝説』編集委員会、挿絵をたまわった岡本ちょうわさん、本書発行にいろいろご助力をいただいた近畿民俗学会会長・岸田定雄氏に対し、あつくお礼申上げ、本書が奈良の民話を知る一助となるならば、望外の喜びである。

一九八〇年七月七日

奈良県桜井市桜井にて　松本俊吉

奈良の民話　目次

山《さん》中《ちゅう》（東大和《やまと》）

カバー・さし絵　岡本ちょうわ

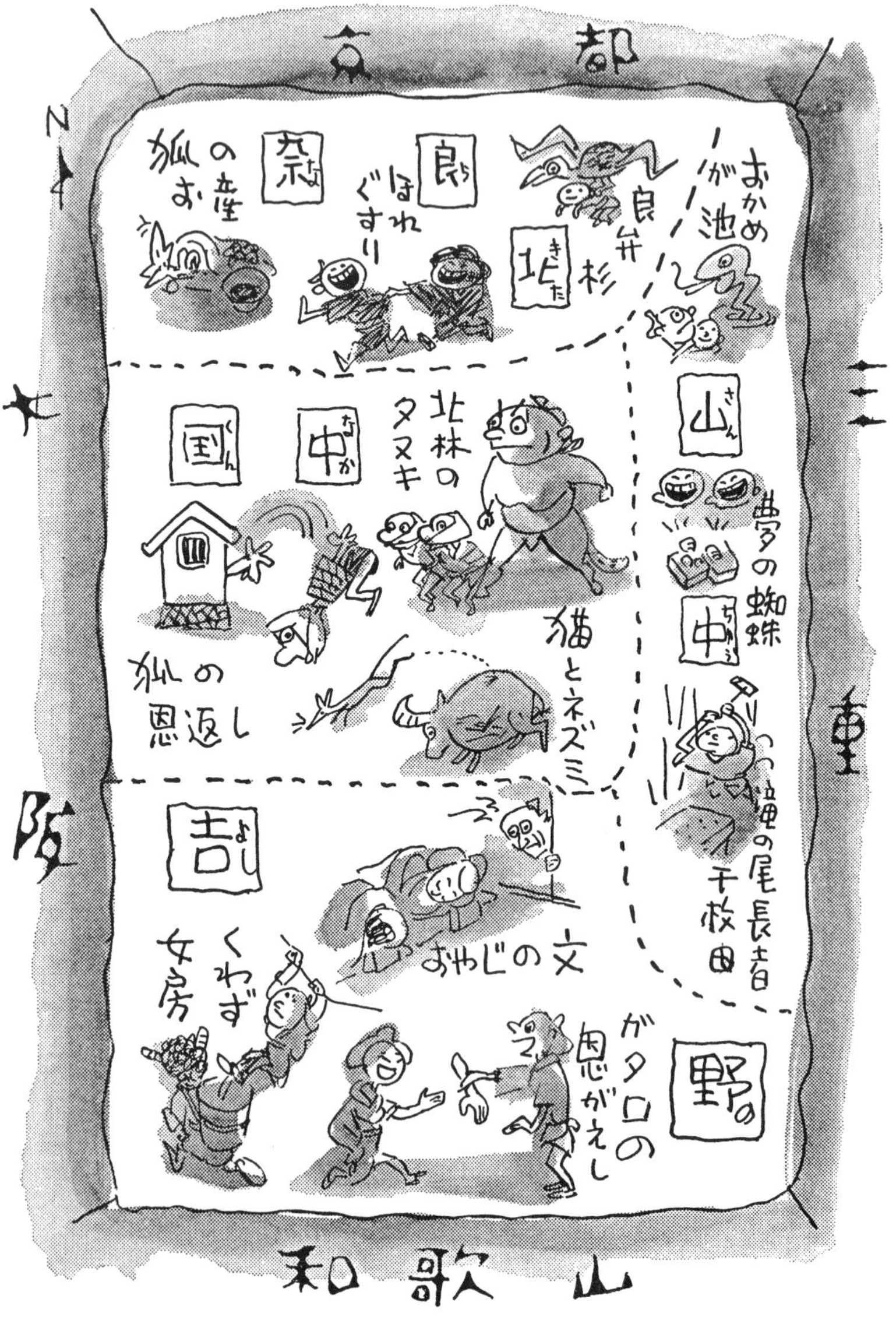
京都
三重
大阪
和歌山
N
奈《な》
良《ら》
北《きた》
狐のお産
ほれぐすり
良弁杉
おかめが池
国《くん》
中《なか》
北林のタヌキ
狐の恩返し
猫とネズミ
山《さん》
中《ちゅう》
夢の蜘蛛
竜の尾長者
千枚田
吉《よし》
野《の》
おやじの文
くわず女房
ガタロの恩がえし

国《くん》中《なか》（北和・中和）

ヒチコとハチコの伊《い》勢《せ》詣《まい》り

〔北葛城郡〕

むかしむかし、あるところーに、ヒチコとハチコという男がよってなあ、このふたりは空を飛ぶことができてんとー。

ある日ふたりは相談して、

「一っぺん（一度）、伊勢まいりしょうか。」

「せやな、いこうか。せやけどこんなふう（服装）では、みっともないし、どねんしょ。」

いろいろ相談してから、一《いち》、二《に》の三《さん》で、パッと飛び上って、

「呉服屋のカドへと、ヘチャラカーチャンのオドルイのルイ。」

そういうて、呉服屋の前へポンと、降りよってん

とー。

「こんにちは、いちばん上等《じょうとう》の着物《きもの》と羽織《はおり》と、それからじゅばんと、バッチ、羽二重《はぶたえ》のヘコ帯と足袋《たび》まで、ふた通りそろえて、はよ出してんか。」

大きな声で、そういうて注文しよったんで呉服屋の亭主《ていしゅ》は、

「こりゃ、えらいお客がきてくれた。」

「へいへい。よろしはす、オーイ番頭《ばんとう》はん、いちばん上等の着物と羽織、じゅばんにバッチ、羽二重のヘコ帯から足袋まで、そろえて、はよだせ、はよだせ。」

さっそく、そろえてださはってんとー。

ふたりは、

「ちょっと着《き》てみまっさ。」

そういうて、さっそく着物をきて、ヘコ帯をしめて、足袋もはいて、

「どうだす、よう似あいまっしゃろ。」

ふたりは得意《とくい》になって見せやんので、亭主もちょうしにのって、

「へいへい、なかなかええ男だす。いっぺんに男まえあがらはりましたがなあ。」

亭主がほめてやると、ヒチコとハチコが、

「あー、エライコッチャ、ションベンしとなったあ、はばかり（便所）どこだっか、おしえておくんなはれ。」

そういうて、いまにも出そうなかっこうしよるさかい、亭主もあわてて、

「裏のまがったとこだんね。」

番頭はんが便所を案内しやってなあ、ふたりは、しょうべんするようなかっこうしていると、そのうち番頭はんが、あっちへ行ってしもてから、

「もう、このへんで、ええやろ。一、二の三」

と空へ飛び上っていっこってんとー。

なんぼたってもたっても、ふたりがもどってこんもんやさかい、

「番頭はん、ちょっと見ておいで。」

亭主にいわれて、番頭はんが見にいかってんけど、ふたりの姿はどこにもないんで、そこらじゅう《（あたり一帯）》さがさはったら、空を飛んでいっこるがなあ。

「オーイ、お客はんー。さっきの呉服代をはろとくなはれんか、とこぎり《（とくべつ）》高い高いのに、どうしとくなはんのやあ。」

大きな声で亭主も番頭も、どやがってん《（どなった）》けど、ヒチコとハチコは、

「あとは、シリクライカンノンヤ、ポー。」

そういうて、どんどん飛んでいってしまいよってなあ。

呉服屋の亭主はカンカンに腹をたてやってんけど、どうしょうもないし、ヌスット《（盗人）》にでもおうたと思って、あきらめやってんとー。

それから、ヒチコとハチコは、こんどは、

「下駄屋《げたや》のカド《（入口）》へと、ヘチャラカーチャンのオドルイのルイ。」

そういうて、下駄屋の前へ、ポンと降りよってんがなあー。

「こんにちはー、いちばん上等の桐《きり》の下駄、二足揃えて出しとくなはれ。」

そういうて、はいりよったさかい、下駄屋の主人は、エエ着物きた、ええお客さんや思うて、いちばん上等の桐の下駄を二足、出してきやてんがなあ。

ふたりは、さっそく履《は》いて見せて、

「よう似合いまっか。」

そういうてから、

「あー、エライコッチャ、ションベンしとうなった、ハバカリどこだんのや。」

いまにも小便でそうなかっこうするもんやで、下駄屋の主人が裏の便所へ案内しやったら、ふたりは、主人のもどるのをみはかろうて、

「このへんで一、二の三。」

ポンと空へ飛び上ってしもたがなあ。

下駄屋の主人が、あんまりおそいんで、便所へ見にいかったら、ふたりは、フーワ、フーワと空を飛んでいっこるよって、

「アノー、お客はん、今の下駄代、はよはろてんかー。」

大声で、どやがってんけど、ふたりは、

「あとは、シリクライカンノンヤ、ポー」

と、いいながら、飛んでいってしまいよってんとー。

ほいで、こんどは、

「帽子屋のカドへと、ヘチャラカーチャンのオドルイのルイ」

と、いうて、帽子屋の店先へ降りて、

「一番かっこ《（恰好）》ええ、ラシャ《（羅紗）》の中折り帽子を二つ、おくんなはらんか。」

そういうて、上等の帽子を出してもろうて、そのシャッポンをかぶって見せて、

「あー、ションベンしとうなりましてん、ハバカリ《（便所）》、どこだっとー。」

そういうて、便所へ案内してもろうて、亭主があっちへいかったのを見はかろうて、

「一、二の三、ポー」

で、飛ばってんとー。

帽子屋の主人が、見にいかはったら、ふたりはもう空を飛んで行くので、ヤイヤイいうて、どやがってんけど、

「あとは、シリクライカンノンヤ、ポー」

と、いってしまいよってんとー。

なにもかもしょうぞく《（装束）》がそろうたんで、いよいよお伊勢さんへ、まいることが、できてんとー。

お伊勢さんへついたら、いろいろの店やが出ていて、ほうぼう見てまわってやったら、大きな声で、

「イタチー、イタチー」

と、いうてやんので、入って見てみやったら、板に赤い色粉を流して見せてやってんとー。

　ちょっと向うへ行ってみやったら、

「カガミドコロ《（鏡所）》」

と、書いた立て札があってんとー。

　それを、ふたりは、

「カカ、ミドコロ」

と読まってんとー。

　そいで、

「コリャおもろい《（面白い）》、カカア見せよるのやてえ、入って見よやないか。」

　そういうて、入っていかってんとー。そいで、ちょっといかったら、

「コト《（琴）》　シャミセン《（三味線）》」

と、書いたってんとー。ふたりは、それを、

「コトシャ《（今年）》見セン」

と、読んだもんやさかい、

「今年は見せよらひん《（られない）》ねとー。」

　そういうて、出てきて、帰りに、なんでも願いごとをかなえるという、大きなテング《（天狗）》のウチワを買うて帰らってんとー。

　ふたりが空を飛んで帰らんのを、よその娘さんが、レンジ《（櫺子）》のすきまから見つけて、

「やあ、あんなとこ、人が飛んでやるー」

と、大きな声で、笑うようにいうてやんのを見たヒチコとハチコが、

「あんなとこに、娘さんがのぞいとる。このウチワで、ひとつためしたろ。」

そういうて、

「あの娘はんの鼻《はな》、高うなれ、あの娘はんの鼻、高うなれ。」

そういうて、てんぐのウチワで、あおぎやってんとー。

ほんだら《（そしたら）》、娘さんの鼻が、ずんずん高うなって、レンジから外へとび出してしもうてんとー。

どうすることもできやひんので、娘さんは泣くやら、わめくやら、家の人たちも心配して、ヤイヤイいいながら、空へ向かって、

「オーイオーイ、空を飛んでるお二人《ふたり》さん、たのみます。どうか、たすけてやっとくなはれ、お礼はなんぼ《（いくら）》でもしまっさかい、たのみます、たのみまっさー」

と、いうて、どやぎやって《（大声を出す）》てんとー。

ふたりは、娘さんが、かわいそうになってきて、

「娘サンのカドへと、ヘチャラカーチャンのオドルイのルイ」

と、いうて降りやってなあー。

「娘さんの鼻低うなれ、娘さんの鼻低うなれ」

というて、ウチワであぶちゃったら、娘さんの鼻が、みるみる低うなって、もとのような鼻になってんとー。

娘さんも、家の人びとも、たいそうよろこんで、ごちそうしたり、お礼のお金を出したりしやってんとー。

はなし　松本イヱ

ノミとシラミの伊勢詣り 〔北葛城郡〕

むかしむかし、ノミとシラミとがお伊勢まいりをしようかというて、どっちがはよ《(早く)》つくか競争することにしよったんやとー。

「一、二の三、ヨーイドン」

で出発をして、ノミは、

「ピョンピョン」

と飛んで、ずんずんむこうへ行ってしまうのに、シラミは、ゴソゴソと、ほうて歩いて、なかなか進まひんのやけど、一生懸命歩いていっこってんとー。

そないしとるとこへお伊勢まいりの行者はんが、歩いてきやったんで、シラミはその行者はんの足袋《たび》に、すばやく、くらいつっこうてんとー。

ノミが一生懸命飛んでいって、とうとうむこうへ着いて見ると、もうちゃんと、シラミが先に着《つ》いとってんとー。

はなし　松本イヱ

ひばりと麦刈り

〔北葛城郡〕

むかし、ひゃくしょうの夫婦が、そろそろ赤うなってきよった麦のたんぼを見て廻って、

「麦も、えろ赤うなってきたなあ、麦刈りのまあり《（準備）》をせんと、あかんなあー。」

そんな話をしてやったら、麦畠の中にいたひばりの夫婦《みょうと》が、生れたばかりのひばりの子をだいてやってなあ、

「百姓やはんが、あんな話してるがなあ」

と、ひばりの母親が心配そうに、いったので、ひばりの父親は、

「まだまだ大丈夫、麦もまだ青いとこもあるし、あの話のようすでは。」

そういうて、二、三日たってしもたんやと。ひと雨ふった雨あがりの日にまた、百姓のおじいさんが、やってきて、

「ひと雨ふったら、えろうあこなった。はよ刈らんとあかんなあ、となりの孫べエさんでもたのんでこうか。」

こんなひとりごとをいうたんで、ひばりの母親が、

「もうそろそろここも、ひきはらおうか。」

そういうと、ひばりの父親が、

「いや、そう急がんでもええ。あのおやじさんは、人の手をあてにしてる。人をあてにしてるようでは、まだ大丈夫や。」

そういうて、たしなめたんやとー。

それからまた二、三日したとき、

「ああ、もう刈らんとあかん。人手《ひとで》をたのみにしてではあてにならん。あした天気やったら、家のものだけでも、刈ることにしよう。」

百姓はんが、そういうて、帰っていかったあと、ひばりの親子は巣を出て、とびたっていっこってんとー。

はなし　松本智恵子

阿弥陀さんのぼたもち

〔北葛城郡〕

むかしあるところーのお寺で、おしょう（和尚）さんがよそへいかはった留守のまあに、となりからぼたもちをもらわってなあ。留守番をしてた小僧たちは、みんなで、おしょうさんよりさきに、ぼたもちをたべてしまわってんとー。

そいで、おしょうさんに叱られると思って、あみださんのお口へあんをぬりつけよってんとー。

やがて、おしょうさんがかえってきやはったので、

「となりから、ぼたもちもらいましてんけど、あみださんが、みんなたべはりましてん」

と、いいやってんが。

おしょうさんは、

「そうか、そんならあみださんにきいて見よう」

とゆうて、しゅもく（撞木）であみださんをたたかはったら、

「くわん、くわん」

と、泣かってんとー。

「それみい、くわんくわんと、いうたはるがなあ」

と、おしょうさんにいわれて、小僧たちは、みんなあやまりよってんとー。

はなし　松本イヱ

大根と人蔘と午蒡

〔北葛城郡〕

むかし、あるところーで、大根《だいこん》と人蔘《にんじん》と午蒡《ごぼう》が、いっしょにお風呂に入りよってんとー。

ごぼうは、ちっとも《（少し）》洗わんと、じっきに《（直に）》出てしまいよってなー。そいで、色が黒いんやと。

だいこんは、ようよう《（丁寧に）》洗うて、磨《みが》きよったんで、そいで、色が白うなってんと。

にんじんは、なんぼでもなんぼでも、湯の中でぬくもっとったから、とうとうまっ赤になってしまいよったんや。

はなし　松本イヱ

オオカミの玉

〔北葛城郡〕

むかし、あるところうに、大へんなまけ者のぐうたらな若いしゅうがいてやってなー。なにもできないし、なにをしてもうまいことできないし。

「おれは仕事もできないし、みんなからアホやアホやいわれるし、もうあかん、いっそ山へいって、オオカミにでも食《く》われてこまそ。」

そういうて、一人で山へ入って行きやってんとー。いよいよ夜中《よなか》になって、ぐるりがくらうなってくると、あっちからも、こっちからも、ウォー、ウォーと、オオカミのなき声が聞えて、一匹、二匹、近よってくるようやねが、

「あのオオカミが、俺《おれ》を食《く》てくれよるやろかー。」

ぐうたら男は、そう思って、じっと横になってやってんとー。

そいだら、そばへよってきた一匹のオオカミが、顔から耳から、くんくんかだがいて《（かいで）》から、たべようとせんと行ってしまいよってんがー。

「けったいなオオカミやなあ、なんで食ってくれよらひんねやろ。」

そんなこと思ってると、次にやってきたオオカミも、その次にやってきたオオカミも、みな、そばまできて、ちょっとかだがいては、むこうへ行ってしまいよってなあー。

一番しまいに来たオオカミが、一丁ほどむこうへ行ってから、

「ゴホン、ゴホン、ゴホン」

と、おもしろいせきをしよったかと思うと、パッと、口から金色《きんいろ》に光った玉をはき出しよってんとー。

「えらいもん、はっこった《（はき出した）》がなあ、あらなんやろー。」

そう思いながら、近よって、拾うて見ると、円い円い、金の玉やってんとー。

ぐうたら者は、食われんと、金の玉を拾わってんがなあ。そうして、とうとう夜があけてしもうてなあー。

しかたがないんで、ぶらぶらと、若者《わかもの》は、村の方へ帰っていかってんとー。

途中で、ふところから金の玉を出して、すかして見やったら、面白いことに、向うからくる人の顔が、犬に見えたり、サルに見えたり、牛に見えたりするんやわあ。けど人間の顔、そのままの人も、たんといるんやわあ。

「面白い玉やなあ、こら、どういうものやろなあー。」

そう思って、金の玉を見ていると、ひげのはえたおじいさんが、通りかからはってなあ、

「そりゃ、なん玉や。どれどれ、こっちへ見せてみぃ。」

そういうて、手にとって見てから、

「これ、どうしたん、どこで拾うてきたんや。」

そうたずねやはるので、

「みんなからバカにされたんで、オオカミにでも食ってもらおうか思うて山へ行ったら、くるオオカミ、くるオオカミがそばまで来てから、食わんといってしまいよって、一番しまいのオオカミが、この玉をはき出しよったんや。」

おじいさんは、この話をきいて、

「それでわかった。お前はなまけ者のアホやけど、お前の心は、人間やったんや。オオカミに食われなんだのも、そのためやわい。もし、お前が、犬や、サルの顔に見えたら、お前は、食われていたか知れんぞ。」

そういうてから、

「この金の玉を、わしにゆずってくれんかのー。うちの宝物にするのじゃ。お前も、わしの家で、働いてくれ。」

そういうて、若者をつれて帰らはってんとー。ぐうたら者は、せい出して働いたので、とうとうそこの家の娘のムコにならってんと。

はなし　松本つぎ

お月さんと日りんさんの判じくらべ

お月さんと、日《にち》りんさんが伊勢《いせ》まいりしやはったら、カミナリどんが茶店《ちゃみせ》を開いてやってんとー。

「カミナリどんやないか、ええとこで店だしてんねなあ。ちょっとお茶一パイよんでんか。」

そういうて、お月さんと、日りんさんが一ぷくしやはってんとー。

「アア、ごっつおうさん。」

そういうて、お月さんは茶代として、十文ださはってんけど、お日さんは五文しか払わあらひんので、カミナリどんが、

「これでは、カンジョウが、ちがいまんがなあ」

と、いうたんで、日りんさんは、

「月に十文より、日に五文の方が、よっぽどええやないか」

いわはったんやとー。

はなし　松本イヱ

ママ子とホン子

〔北葛城郡〕

むかし、ある家で朝早ようから、ウスヒキをしてやってなあー。

モミ《籾》をウス《臼》の中へ入れてひいて《挽》、トウミ《唐箕》で飛ばしたり、千石ドウシで流した米を、クライヌケで俵につめたり、それはそれはいそがしいんで、ホン子とママ子と子守するのに、ホン子は米の入ったフゴ《畚》の中に入れて、ママ子はスリヌカの入ったフゴの中に入れておかってんとー。

ウスヒキがすんで見にいってみやったら、ホン子は米のフゴの中で死んでやってんとー。

ママ子はスリヌカのフゴの中で元気にしてやってんとー。

米はチミた《冷たい》かったよって、ひえこんでしもたんやとー。

はなし　松本イヱ

屁《へ》こきばあ　〔北葛城郡〕

むかしむかし、あるところーに、おじいさんと、おばあさんとすんでやってなー。おじいさんは毎日、山へ仕事にいてらったんやけど、しょうべんしとなって、しようとしやはると、チンポの先に、スズメがとまりよってんがなー。

おじいさんは、チンポの先のスズメをすばようつかまえてかえってきやはって、

「ばあさんや、スズメとってきたよって、こんどかえるまで、スズメ汁たいといてんか。」

そういうて、また山へ仕事にゆかはってんとー。

おばあさんは、さっそくスズメ汁をたかはってんけど、ええにおいするし、うまそうやし、もうええやろか思うて、かげんみ《加減味》してみやってんとー。

「一パイスーヤ、ウーマイシー。二ハイスーヤ、ウマイシー。アンマリウマイノデ、ミナ、スーテシモウタロー。」

そういうて吸うてやったら、スズメ汁がのうなってしもうて、鍋がからっぽになってしもうてんがなー。

「えらいこっちゃ、あんまりうまうて、みな吸うてしもたがなー。おじいさん帰ってきたら、どないしょ」

というて、おばあさんが心配そうになってやったとき、おばあさんの尻から、おもしろい屁がでよってなー。

「シュシューガラガラ、シュシュンポン、シュシューガラガラ、シュシュンポン。」

なんぼでもなんぼでも、屁がでてくんねがなー。おばあさんが、どうしたものかと思うてたら、おじいさんが帰ってきやはってなー。

「ばあさんや、スズメ汁たいといてくれたか。」

そういうて、たなもと《台所》の方へいかはったら、カマドの鍋は、からっぽでおばあさんが、

「スズメ汁たいたんやけど、かげんみしたら、あんまりうまかったんで、一パイスーやうまいし、二ハイスーやうまいし、あんまりうまいので、みなスーてしもうた。」

おじいさんは、

「せっかくたのしんで帰ってきたのに。」

そういうて、せい《（勢）》おとしたはったら、

「シュシューガラガラ、シュシュンポン、シュシューガラガラ、シュシュンポン」と、おばあさんが、みょうな屁、こかはって、おじいさんは、びっくりしやはってなあ。


「もっとこいてみー。みょうな屁やなー。こんな屁、きいたこともないがなー。」

おじいさんが、不思議がってやったら、だんだんうわさが広がって、とうとうお殿さんの耳にはいってなー。おばあさんが、よばれていかはってんがー。


「みょうな屁こき婆はお前か、その不思議な屁を、こいて見よ。」

お殿さんにそういわれて、おばあさんは、

「シュシューガラガラ、シュシュンポン、シュシューガラガラ、シュシュンポン」と、こわごわ屁をこかはったら、お殿さんは、

「これは面白い、もっとこいてみー。」

そうおっしゃって、たんとたんとほうびをくだはってなー。おばあさんは、喜んで帰ってきやはってんがー。


心配して家で留守番してたおじいさんも、大そう喜ばはったんやとー。

となりのおじいさんと、おばあさんとが、このことをきいて、

「わしらも、なんとかして、屁をこいて、ほうびをもろうて、こましたろー《（やったろう）》。」

そう思うて、二人で相談したすえ、おばあさんが、たらいに一パイ水くんで、そこへ尻をつ

けて、一日中じっとしたはってんとー。そいだら、

「ビリビリ、ビリビリ」

と屁がでてきたんで、

「これやこれや、よーし、これでいてこー。」

そう思うて、さっそくお殿さんのとこへ、でかけていかはってんとー。

「お殿さん、わたしも面白い屁を、こきますんで、どうかきいて下され。」

おばあさんが、そういうので、お殿さんは、

「そんなら、ここでこいでみぃー。」

そういわはったんで、おばあさんが、こいでみやったら、

「ビリビリビリビリ、ブチュー」

と、けったいな屁こいて、しまいに、ちびってしまわってんとー。

ほいで《そこで》お殿さんは、おこって、

「こら、わしの前で、無礼なババアメ、これはにせもの。」

大へんはらをたてられ、ほうびどころか、にせのおばあさんの尻を切らはってんとー。

よくばりばあさんは、

「尻ガ切ラレテ腹ガタツ、尻ガ切ラレテ、腹ガタツ。」

そういうて、泣き泣き帰ってきやってんとー。

はなし　松本イヱ

カラスとニワトリ

〔北葛城郡〕

むかし、百姓のおっさんが、門を入ったとたん、頭の上でカラスが、

「クワ、クワー」

とないたんやとー。そいでおっさんは、たんぼに鍬を忘れてきたことを思い出しやってんとー。

すぐ鍬をとりに行こうと思いやったら、ニワトリが屋根の上へのぼって、

「トテコウカー、トテコウカー」

となっこってんとー。

はなし　松本イヱ

うたよみ㈠

〔北葛城郡〕

むかし、あるところのお寺で、雪がどっさり《（たくさん）》とつもってんと。

そこでな、ボンサン《（坊さん）》が小坊主をつれて、庭で雪をながめてやると、ニワトリが出てきよってなー、チョコチョコと、雪の上を走りよった。そこで、ボンサンは、

「初雪に　とりの足あと　もみじかな」

というて、歌よみをしやはった。

「お前らも、なんなっと、うたよみしてみたらどうや」

といってやはるところへ、犬が走って通りよってんとー。そこで、兄弟子《でし》はすかさず、

「初雪に　犬のあしあと　梅の花」

と、詠《よ》みやってんとー。

　そうこうしてるうちに、

「お前も、何か、よめよめ」

というて、けんかを始め、雪の中へころげこんだんやとー。それを見てやった小坊主は、

「初雪に　大坊主小坊主がつるみよてこけて　頭の足あとヒョウタンかな」
と歌よみしやってんとー。

はなし　松本つぎ

うたよみ㈡

〔北葛城郡〕

ぽかぽかとあったかい日にボンサンは小坊主たちをつれて、さんぽしたはってんとー。

どこかの梅の花が、きれいにさいてあったんで、ボンサンは、

「リンリンとリンと咲いたる梅の花、一枝ほしや、こわやちりりん」

と歌よみしやはってんとー。

しばらく歩いたはったら、プーンと魚の焼いてるにおいがしてきてんとー。

そんだら小坊主の一人が、

「ジンジンとジンと焼いたる塩イワシ、麦めし三杯、腹《はら》はぼてりん」

と歌よみをしたんやとー。

はなし　松本つぎ

どびんとちゃびん

〔北葛城郡〕

むかし、あるところーに、どびん《土瓶》とちゃびん《茶瓶》がよってなー。あるとき、つれだってお伊勢まいりにいかってんとー。

ずんずんいかったら、きれいな水が流れてる川があったんや。

ところがなー、その川に橋が架《かか》ったらひんのでなんぎしよってなー。

どびんとちゃびんは、ひたいをすりよせて、

「どねんしたもんや」

と、相談しよったすえ、どびんが先に川へ飛びこんで、あとからちゃびんが川へ飛びこみよったんや。

そいで、

「どびんちゃびん、どびんちゃびん」
と、いいながら、川を渡って行っこってんとー。

はなし　松本イヱ

竹の子と鯉の話 〔北葛城郡〕

むかし、あるところーに、たいそう親孝行な子がいてやってなあ。ところが、おっ母が病いにならってん。ある冬の寒い日に、

「竹《たけ》の子《こ》がたべたい」

と、いわったんやとー。

親孝行な子は、なんとかして、竹の子をたべさしてやりたいと思って、竹やぶへいかってなあ、じっと竹やぶの中に立ってやったら、からだのぬくみで、足の下から竹の子が出てきよってんとー。

そいで、その竹の子を掘ってかえって、たべさしてやらってんとー。

またある日、こんどは、

「鯉をたべたい」

と、いいやってんとー。親孝行な子は、池へ行ってみやってんけど、池にはばつい《（厚い）》氷がはったってんとー。

親孝行な子は、その氷の上に立って、鯉が欲しい、鯉が欲しいと思ってやったら、体のぬくみで氷が割れて、鯉がとび出しよってんとー。

そいで、その鯉をつかまえて帰ってきて、おっ母にたべさしやったんで、病いはだんだんようなってんとー。

はなし　松本つぎ

ポイトコナ

〔北葛城郡〕

むかし、ある日のこと、おかちゃんが、よっちゃんに、川向うの荒物やへおつかいをいいつけやってんとー。


よっちゃんが、歩いていかると、道の上で友だちが、

「とうせんぼ、とうせんぼ」

ちゅうて、あそんじゃってんと。ほいで、よっちゃんは、

「とうせんぼ、とうせんぼ」

っていいながら歩いていかると、向うに小川があったんで、よっちゃんは、

「ポイトコナ」

ちゅうて、飛びこえやってんと。そいで、

「ポイトコナ、ポイトコナ」

ちゅうて、荒物やのみせさきで、

「ポイトコナ売って！」

って、いいやってんとー。

はなし　松本イヱ

狐《きつね》の恩返《おんがえ》し

〔北葛城郡〕

むかし、河内《かわち》の国に五衛門《ごえもん》さんという、大そう金持のおじいさんがいてやってなあ。

おじいさんは、毎日朝早う、氏神さまへおまいりしたはってんとー。ある朝、いつものようにまいったはったら、向うから一匹の白狐がこちらへむけて逃げてきよってなあ、そのあとから狩人《かりうど》が白狐を、おっかけてきやるがな。おじいさんは、とっさに、

「ここへおはいり」

というて、袴《はかま》の中へ白狐をかくしてやらはってんとー。そこへ走ってきた狩人が、

「おじいさん。このあたりへ白狐が一匹逃げてきやひんだか?」

「知りまへんなあ、わしはさっきからここに立ってたけど、見やひんだなあ」

と、いわはってんけど、狩人には犬がついてきとるよって、犬は袴のスソをぐるぐるまわって、鼻をクンクンならしよってなあ。白狐も、こわがって袴の中で動こったんで、そのひょうしに白狐の尾っぽが、ニューと外へ出たがなあ。さあ、たまらん。

「このじじいめ、うまいこと化《ば》けやがって、こいつが白狐やったんやなあ。」

そういうて、鉄砲《てっぽう》をかまえよったんで、

「ちがうちがう。待ってくれ。わしは白狐でも、化けてんのでもない。白狐はこのハカマの中にかくれとんね。せやけどな、この白狐つかまえて、どうすんのや。なんぼぐらいに売れんのや。どうじゃ、わしに売ってくれんか。」

「そら、売ったってもええけど。」

狩人が承知したんで、おじいさんは、白狐を買いとってなあ。

「もう、これからは里へ出てきなや。こわいよって、山にいんね、はよう山へ帰り。」

そういって、白狐を山へ帰してやらはってなあ。白狐はよろこんで、山の穴へ帰っていってんとー。

何日かたったある日、白狐の穴の前が、たき火でアカアカとして、なにやら大ぜいの話声が聞こえてくるやんか。白狐が、その話をじっと聞いていると、大ぜいの盗賊《ぬすっと》が相談をしとんねが。

「こんどはあの五衛門の家へおしこもう。大金持の一人ぐらしやさかい。……五日目の晩にきめた。」

　こんな話を聞いた白狐は、

「こりゃ、えらいこっちゃ、おじいさんがあぶない。こうはしてられえん。はよう知らしてやらにゃ」

と思って、その晩、急いで五衛門さんの家へ行って、

「トントン、今晩は、あけて下さい」

という声に、五衛門さんが門をあけると、きれいな娘さんが立っているがなあ。

「あなたはどなたでっかいなあ」

と、びっくりしている五衛門さんよりさきに中へ入って、

「私はこの前、お宮さんであぶないところを助けてもらった山の白狐です。あれから帰ってくらしていましたが、今晩大へんなことをききました。それで急いで知らせに上りました」

と、盗賊の相談話をしよってんとー。

　おじいさんは、大へん喜ばはってんけど、さてその盗賊を、どうやって退治したもんやろうかと、心配になってきてんがなあ。

　そんだら、白狐は、

「おじいさん、そのことなら安心して下さい。私がなんとかします」

と、いうて、帰っていっこってんとー。

　ところで、河内の国にいた強い強い侍さんが、川の堤《つつみ》を歩いていかはったら、向う側の堤

から白狐が一匹走ってきよるので、

「おや、こんな昼間に、白狐が」

と思って見ていると、ちょっと立ち止って尾を振ったかと思うひょうしに、みるみるきれいな娘さんになりよってなあ。

「うまいこと、化けよるもんやなあ。」

侍さんが見ていると、白狐の娘さんは、手まねきでオイデオイデをしながら、なんべんもなんべんもおじぎをして、こっちへ近よってくるがなあ。気がついてみると、いつの間にか娘さんについて歩いてしもて、知らん間に、大きなお屋敷の門の前にきてて、門の中へ娘さんについて入ってやってんとー。これこそ、狐につままれたんやなあー。

大きな家の中では、おじいさんがひとり、心配そうな顔をして、坐っていやった。

娘さんになった白狐は、侍さんに今までの話をして、

「どうか、おじいさんを助けてあげてください」

と、たのんだところ、侍さんは、心よう引き受けて下はってなあ。しばらく考えてから、

「その晩、おじいさんは、よそへいってもらうこと。門から家までに大きなローソクを立てて、明るくしておくこと。大きな火鉢三つに炭火をカンカンおこして金蔵《かなぐら》の中におくこと。箕《み》に三バイ、唐辛子《とうがらし》をまあり《（準備）》しておくこと。荒縄を三《み》くくりまわりして、酒も出しておいてほしい」

と、言った。

いよいよその晩になって、夜中に盗賊が大ぜいきよった。ところが門から入口まで、アカアカとローソクの火がついてて、中へ入って見ると、一人の男が酒を飲んでいる。男は盗賊たちにも酒を飲まして、金蔵へ案内しやってんとー。

盗賊たちが、大きな蔵《くら》の中で、千両箱や宝ものをさがしていると、そのすきに侍さんは、火鉢の中へトガラシをほりこんで、蔵の戸をピシャッとしめて、外からおとしてしまわってんがー。さあ、えらいこっちゃ。

「カッカッ、ゴホンゴホン。」

盗賊たちはのどが苦しくて、眼が痛いやら、涙は出るわで、バッタンバッタンと倒れてしまいよってなあ。

もうええじぶんやろうと、蔵の戸をあけると、盗賊たちはみんな半死《はんじに》のようになっとってんとー。

侍さんは、荒縄でくくって外へほうり出して、お上《かみ》へわたさはってんとー。

おじいさんは、侍さんにたんとお礼を出して、白狐の恩返しに、大そう喜《よろこ》ばはってんと。

はなし　松本智恵子

なまけ半助《はんすけ》

〔北葛城郡〕

むかし、あるところーに半助という男しが、いてやってなー。仕事のきらいななまけ者で、朝から晩まで、食《く》っては寝《ね》、食っては寝して、どうしょうもないんで、世間《せけん》の人は〝ナマケ半助、ナマケ半助〟やというて、皆んなの笑い者やってんとー。

おやじさんも、とうとうかんしゃくをおこして、

「おまえのようななまけ者は、カンドウするよって、きょう限りでていけー」

と、おこって、欠けた茶碗《ちゃわん》一つに箸《はし》一ちぇん（膳）、ぜに六文と、ボロボロのシャッポン（帽子）とを出してきて、

「半助。このシャッポンは古いけど、昔から先祖《せんぞ》代々つたわった、だいじなシャッポンやさかい、ど

んなことがあっても、うしのうたらあかんでー、ええな」

と、いうて、追い出してしもたんやと。

なまけ半助は、とうとうほうり出されてしもうたんで、しかたなくぼそぼそ出ていっこんてんとー。しばらく行ったとき、

「ピュー」

と、風が吹いてきよってなー。なまけ半助が、

「えらい、こっちゃ」

と、とっさに帽子をおさえたんやけど、帽子が飛んでいっこってんとー。

「だいじなシャッポン、マッテクレー。」

なまけ半助は、どんどん追いかけていかってんけどー。そのとき帽子は、

「ナマケ半助、ココマデ、ゴザレ。ココマデキターラ、アマザケシンジョ、クワヤロー、スキヤロー、田デモ畑デモ、マン作ジャ、ポー。」

そう唄いながら、帽子はどんどん飛んでいっこんので、なまけ半助も追いかけていかってんがなー。そうしてとうとう、お寺の屋根の上へ、とまりよってんとー。

なまけ半助は、あれだけは、うしのうたらあかんと、一生懸命、なんぎなんぎして、お寺の屋根までのぼっていって、手をのばして、もうちょっとで、とれるとこまできたとき、また風が吹いて、とんでいくねんとー。

「ナマケ半助、ココマデゴザレ、ココマデキタラ、甘酒シンジョ、鍬ヤロー、スキヤロー、田

デモ畑デモ、万作ジャ、ポー。」

そういうて、帽子は、なんぼでもなんぼでもとんでいって、こんどは大きな松の木に、とまりよってんとー。

なまけ半助も、また松の木に、よじのぼって、もうちょっとで、とれそうに手をのばしたとき、また風が吹いてきて、ボロボロの帽子がとばされていくねん。

「ナマケ半助、ココマデゴザレ、ココマデキタラ、甘酒シンジョ、鍬ヤロー、スキヤロー、田デモ畑デモ、万作ジャ、ポー。」

帽子は唄いながら、どんどん飛んで行くし、ナマケ半助は、フウフウいいながら、一生懸命追いかけていかってんとー。

野をこえ、山こえ、とにかくだいじなシャッポンをうしなわんとこ思うて、どんどん行ってるうちに、とうとう夜になってしもうてんとー。

なまけ半助は、いつのまに寝てしもうてたのやら、朝、目をさましたとき、帽子は大きな田んぼの中の、鍬の先にとまって、

「ナマケ半助、ココマデゴザレ、ココマデキタラ、甘酒シンジョ、鍬ヤロー、スキヤロー、田デモ畑デモ万作ジャ。」

やっぱり、そう唄うてんねがー。

「あっ、こんどはとれる。」

そう思うて、田の中へ入って行こうとしよったら、向うの大きな家から、おじいさんが出て

きて、

「これこれ、よその田へ、勝手に入って、なにしてんねや、作ったるもん踏《ふ》まんといてんか」

と、いわはったんで、

「だいじなだいじなわしのシャッポンが、田の中の鍬にとまったさかい、取ろう思うて……どうか、あのシャッポン、とらしとくなはれ。」

そういうてたのむと、おじいさんが、

「ところで、さっきから面白いこと、唄うてたようやけど、あれはどないした」

と、たずねはったんで、半助は、今までのことを話しやってんとー。

その話をきいたおじいさんが、

「そうか。カンドウされたんも無理はない。どうじゃ、このへんで、心を入れかえて、働く気にならんかのー。わしの家で働いてくれたら、うまい甘酒も、腹一パイたべさしたるさかい」

と、いわれたので、腹ペコ半助は、

「働きます。働きます。なんでもします。甘酒たのみます。」

とうとう、なまけ半助は、そこの造酒屋《つくりざかや》で働かせてもらうことになってんとー。

「半助、これしてんか」

「ヘイ、ヘイ」

と、好きな甘酒がよばれられるし、一生懸命働くようになって、なにを作っても、田も畑も万作で、ようできたんやとー。おじいさんも、ご主人も、気に入って、

「今日からは、ナマケ半助やのうて、働き半助や。ハタラキ半助ハタラキ半助や。」

そういわれるようになって、とうとう造酒屋の娘さんのおむこさんに、してもらわってんと

―。

はなし　松本イヱ

長い名前
〔北葛城郡〕

むかし、あるところーに、仲のよい夫婦《みょうと》がいてなー。長いこと子供がでけやひんので、神さんに願《がん》をかけはってなー。とうとう子供をさずけてもらわはってんとー。

夫婦は大喜びで、さっそくお寺のお尚さんに、名前をつけてもらいに、いかってんとー。

「せっかく、でけてきた子やさかい、出世しますように、長生きしますように、長い長い名前をつけたっとくんなはれ」

とたのまはってんとー。

お尚さんは、ようくようく考えたすえ、

「ヘートクヘートク、ヘーアンジーノ、エーミーシキシキ、ターワターワ、チョギノコ、チョギノコ」

と、いうような、長い長い名前に、なってしもうたんや。

夫婦は、これやったら、長生きして、出世することやろおもうて、喜んで帰ってきて、さっそく、その名前をつけてやらはってなー。

だんだん子供が大きなって、友達が遊びにきやっても、

「ヘートクヘートク、ヘーアンジーノ、エーミーシキシキ、ターワターワ、チョギノコ、チョギノコちゃん。あそびにいこかあー」

と、こんなぐあいで、なかなかさそいにくうて、みんな、なんぎやなんぎやいうてやってんとー。

ある日のこと、みんなと一しょに、野原へ虫とりいかってなあ、あんまりむちゅうで、ひょっとしたひょうしに、野井戸へ、はまってしまわってんがなー。

「えらい、こっちゃ。ヘートクヘートク、ヘーアンジーノ、エーミーシキシキ、ターワターワ、チョギノコ、チョギノコちゃん。野井戸へおっちゃったでー。」

そういうて、一生懸命走って帰って、

「おばちゃん、えらいこっちゃ。ヘートクヘートク、ヘーアンジーノ、エーミーシキシキ、ターワターワ、チョギノコ、チョギノコちゃん、井戸へはまらったでー。」

みんなで、やいやいいうて、親もかけつけて、助け出さってんけど、間にあわんかってんとー。

「あんまり長い名前を、つけすぎたんやなー」

と、お父さんも、お母さんも、くやんで、かなしまはってんとー。

はなし　松本イヱ

動物の伊勢詣り

〔北葛城郡〕

むかしむかし、猫《ねこ》と鷹《たか》と、馬《うま》と牛《うし》と、犬《いぬ》とニワトリとが、つれだって、伊勢まいりに、いっこってんとー。

向うへついいたら、ネズミが店出《みせ》し、しとってんとー。そんだら猫が、

「これニャーンボ」

と、きっこったら、ネズミが、

「チュウモン、チュウモン」

と、いいよってんとー。

ほんだら、鷹が、

「タカーイもんやなあ」

て、いいよってんとー。

いろいろ店屋をまわっとったら、馬が、

「ヒンが暮れる、ヒンが暮れる」

て、いうよってんとー。そいで牛が、

「モーいの、モーいの」

て、いうよってんけど、犬が、

「イヌ（帰る）道忘れた、イヌ道忘れた」

と、いうよって、なんぎしてたら、ニワトリが、出てきて
「コッカラ（ここから）イノー（帰ろ）、コッカライノー。」

そう、いうおったんで、みんな無事に、帰ってきよってんとー。

はなし　松本イヱ

白いスズメ

〔北葛城郡〕

むかし、あるところーに、大金持《おおがねもち》のしょうやがあって、七つも八つも蔵《くら》があって、米《こめ》ぐら、綿《わた》ぐら、豆《まめ》ぐら、粕《かす》ぐら、油《あぶら》ぐら、酒《さけ》ぐらなど……。

ある日、とつぜんしょうやの主人が死んで、むすこがあととりにならってんとー。

一年たち、二年たち、むすこは一生懸命《いっしょうけんめい》親のあととりをしてやったが、家がだんだん貧乏《びんぼう》になっていくので、なんでやろうと考えたすえ、お寺のお尚《しょう》さんに相談にいかってんとー。

お尚さんは、いろいろ話をきいてから、

「ところで、あんたは、白いスズメを見たことがあるか？」

と、いわはってんとー。

「いいえ、そんな白いスズメみたいな、見たことも、きいたこともありまへん」

「そうか、その白いスズメを見たら、お前の家は、もと通り、ようなると思うけどなあ」

と、お尚さんが、そういうので、むすこは、

「その白いスズメは、どこにいますのか。どこへいったら、見られるのですやろ。」

「白いスズメは、朝早よう起きんとあかん。あしたからは、早よう起きるようにしなはれ。」

お尚さんにいわれて、むすこはあくる日から、はよ起きることにしやってんとー。
二、三日してから、お尚さんの家へやってきて、
「あれから、毎日毎日早よ起きましたけど、白いスズメは見られまへん。」

「あしたからは、もうひととき早よ起きなはれ。」

そういわれて、あくる日は、昨日《きのう》よりも早よう起きやってんとー。それでも白いスズメは見つからひんでんとー。

「もっと早よ起きたら見られる。」

あくる日はまだ暗《くら》いうちから起きて、白いスズメをさがさってんとー。

そしたらあっちの蔵から、こっちの蔵から、下男や女中たちが、何やらかかえて出てくるのに会《あ》えたので、しらべて見やったら、米や豆や、油まで、毎朝毎朝自分の家へはこんでかえっていることがわかってんがな。

白いスズメは見つからへんだけど、家が貧乏になるわけがみつかった。それからむすこは朝も早よう起きて、みんなのさしずにあたるようにしやったんで、だんだん家ももとどおりさかえたということやがなあー。

はなし　松本イヱ

雪ん子〔北葛城郡〕

むかし、あるところーに、子供のない夫婦がいてやってなあ。

「どうか、子供をさずけてくだはりますように」

と、毎日毎日お宮さんへお参りして、願をかけやはってんとー。

雪《ゆき》の降る寒い日、お宮さんへお参りしてやったら、拝殿の横から、

「オギャアー、オギャアー」

と、赤児《あかご》の泣き声がしてきたんでな、見にいかったら、かわいらしい女の赤ちゃんが、おいてあったんで、

「これは神様が、おさずけ下《くだ》はったのに、ちがいな

い。ありがたいこっちゃ。」

そういうて、夫婦はその子をつれてかえらってんとー。

そいで雪ちゃんという名をつけて、大事《だいじ》に大事に、そだてやったんで、だんだん大きなって、きれいな女の子にならってんとー。

雪ちゃんは、寒い日がきて、雪が降ると、大そう喜ぶのに、夏がきて、あつい日が続くと、家の中にとじこもって、ちっとも外へ出やらひんねとー。

お父さんも、お母さんも、面白い子やなーと思ってやってんとー。

雪ちゃんも、だんだん大きなって、友達も大勢できて、楽しい毎日を送ってやってんと。

村のお祭の晩のことやねけど、

「こん晩は。雪ちゃん、お宮さんのお祭りにいこうか。」

そういうて、友達が、さそいに来てくれやったんで、雪ちゃんも、きれいな着物をきせてもろうて、みんなといっしょにお宮さんへ、まいらってんが。

そんだら境内《けいだい》では、アカアカと松明《たいまつ》をたいてあって、その松明の上をとび越えたら、たっしゃになるのんやいうて、みんな走っていっては、松明の上を飛んで、飛びやいしてやってんが。

そいで、みんなは、

「雪ちゃんも飛びやあ、飛んだら、たっしゃになるのやでー。」

そういうて、雪ちゃんに飛ばそうとするのやけど、雪ちゃんは、

「いらん、わたしは飛ばひんね。」

そういうて、松明からはなれた所《ところ》に立ってよけてやんのに、

「ヤーイ雪ちゃんのいくじなし、こんなぐらい、よう飛ばんのかー。」

そういうて、みんなは、無理に飛ばそうとしやったんで、雪ちゃんも、とうとうその気になって、走っていくなり松明の上を飛ばってんとー。

雪ちゃんが飛ばった。すると、「パアッ」と湯けむりがあがって、そのひょうしに雪ちゃんのからだが、消《き》えてしもうてんとー。

「雪ちゃん雪ちゃん。」

みんな大きな声で呼ばってんけど、とうとう、かわいい雪ちゃんの姿は、どこにもなかってんとー。

はなし　松本智恵子

もるぞおそろし

〔北葛城郡〕

むかしむかし、山のふもとにぼろいぼろい、一軒家があってなー。

その一軒家には、おばあさんがひとり住んだはってんとー。

いっか《（幾日）》も、いっかも雨がふって、あばらやは、あっちでもこっちでも、「ポットン、ポットン」と雨がもって、おばあさんは、バケツやタライから、なべやにおけまでもってきて、雨もりをうけてまわってなあ、ねるとこも、なようなったんで、おいえ《（へや）》のすみにすわってなあ、

「トラオオカミより、モルゾおそろし、トラオオカミより、モルゾおそろし。」

そうゆうて、雨のやむのを待ってやはってんとー。

うしろの山の奥に、一匹の狼《おおかみ》がよって《（いて）》な、いっかもいっかも雨がふって、たべるものも、なようなって、腹《はら》をへらしてペコペコやってんとー。

そんで、その狼が、考えよってなー。

「せや、今夜は一つ、あの一軒家のおばんを、つかまえて食うてこましたろー。」

そういうて、山を降りていっこてんとー。

家のそばまでいって、破れ障子《しょうじ》のすき間から、中をのぞこうとしよったら、家の中から、

「トラオオカミより、モルゾおそろし、トラオオカミより、モルゾおそろし。」

そんな、おばあさんの声が、聞こえてきてなー。

おばあさんは、なんべんも、なんべんも、ひとりごとをいうてやんねとー。

そとの狼が、これを聞いて、

「ヘエー、トラやオオカミより、おそろしいやつが、よんの(いる)か、モルゾていうやつは、どんなやつやろー。そんなおそろしいやつよんのやったら、モルゾというやつがきよるまで、逃げてかえらんとあかん。えらいこっちゃ、えらいこっちゃ。」

そういうて、狼はまた、うしろの山へ逃げてかえって、いっこってんとー。

はなし　松本イヱ

ママ子の昼めし

〔生駒郡〕

むかし、あるところにママ子とホン子を持ったお母《か》んがいやってん。ママ子には腹いっぱい食べさすのが惜しいてしょうないんで、ある日のこと、ママ子に、

「お前、あそこの石地蔵さんに、この握《にぎ》り飯《めし》食べさせたら、お前にも食べさしたる。」

そういうて、ママ子に握りめしを持たせて、石地蔵のとこへ持って行かさってんと。

ママ子はひだるさ（ひもじさ）に、堪《た》えかね、地蔵さんのかたい袖にすがって、

「お地蔵さん、どうかこの握りめしおあがり。せやないと、わたしは食べられません」

ちゅうてお願いしやったら、それまでビクッともしやひんだ石地蔵さんの口もとが動いてな、大きな口をパクリと開けて、

「うまいうまい。」

そういうてママ子が持ってきためしを全部食べやはあったんで、びっくりしやったママ母は、それからはママ子とホン子と同じようにかわいがって育てやってんと。

はなし　山田熊夫

とんび不孝

〔生駒郡〕

むかし、あるところーに、たいへん親不孝なとんびがおってなあ、おかあのいいつけにしじゅう反対しとった。西へ行けといえば東へ行き、東へといえば西へ飛んで行くといった調子で、しまつにおえなかった。

おかあはたいそうそれを気に病んでいたのやけど、とうとう臨終という時に、

「わたしのなきがらは山に葬っておくれ」

といえば、川に埋めるに違いないと思って、

「わしが死んだら川へ埋めておくれ」

といい残して、息を引き取ったんやとー。

ところが、親不孝な子供とんびは、母さんの最後のたのみだけなりと、聞いてやらねばと思って、遺言どおりに川底に埋めよった。

それでとんびは、雨が降ると、おかあのなきがらが流されてしまわないかと心配して、「ピーンヒヨロロ」と悲しそうに鳴くんやそうな。

はなし　京谷康信

イヌの足

〔奈良市〕

むかしはな、この三徳《さんとく》ちゅうにや、これ四本あってんや。サントクっていうんに四本脚ちゅうのはおかしいていうてな、仏さまが、そいを一本ちぎらはってな、向うからきよった犬が三本脚でなんぎしとるさかいいうて、一本やらはってん。

ほんでな、仏さんにもろうた脚やよって、しょんべんかけてよごしたら、もったいないとな、うしろの足をこういうふうにあげよんねて。

はなし　中尾しんろく

いうなの地蔵

〔奈良市〕

奈良の西の六条に「餅《もち》の木《き》地蔵」っていう石地蔵さんがあってな、モノイウ地蔵ということやった。

むかし、盗《ぬす》ッ人《と》が餅の木地蔵の前で、ゲラゲラとひとり笑っておったんや。そこへ、追いかけてきよったサル《（岡ッ引）》が、

「なんにが、そんなにおもろいのかい」

と聞かったら、盗ッ人は、

「実は、わたしは長い間、盗ッ人してきよったが、ここのお地蔵はんは、人間のことばがよくわかるとかねてから聞いておりましたんで、〈これ地蔵さん、わっちがぬすっとしたこと、だれにもいわずにおいてくだはれ〉といったらな、地蔵さんはな、〈わしはいわんが、おまえもいうな〉っておっしゃったんで、あんまりおもろて、つい笑ってしまいましてん」

というたんやと。

むろん、盗ッ人はその場で、サルにしばられよってんと。

はなし　小島千夫也

大安寺八幡マメの宮

〔奈良市〕

　むかし、弘法大師が大安寺八幡宮《だいあんじはちまん》の南側の川っぷちを通っていやはると、ひとりの女が、甑《こしき》を洗ったあと、腰から下をまる出しにしやって、じぶんの腰巻《こしまき》を洗ってやってんと。
　女は大師の人影を見て、あわてて洗ったばっかしの甑で、マメのところをかくしやってんが。
そいで、大師は一首をつくらはった。

　なんぼのマメも　見たけれど
　　マメにこしきは　見はじめや

と、歌よみしやはったんや。ほたら、女もさっそく歌をつくり、

　マメにこしきが　ありゃこされ
　　なんぼの子も　蒸《む》し出した

と、やり返したんやとい。

はなし　中尾しんろく

犬の脚（「笑」の字）〔奈良市〕

　むかし、弘法大師が奈良の大安寺で修行してやはったとき、お経の修行のかたわら、文字をつくってやはった。どんどんつくれたが、「わらう」という漢字だけは、どうしても工夫《くふう》がつかんなんだ。

　大安寺の大師堂《だいしどう》から上街道を見ていやはると、向うから旅の坊さんがきやった。すると、あたりにいよった白い小犬が、黒い杖におどろいたのか、急に、「ワンワン」ってほえ出した。びっくりしやはった旅の坊さんは、黒い木の杖でイヌを追っぱらはったが、そのひょうしに、そばにあった竹づくりの籠《かご》にイヌの三ツ脚《みあし》の一つがあたりよったんや。そいで、籠が、イヌの頭にポッカリとかぶさってんと。

　そのさまがまことにおかしかったんで、寺にいやはった智識の高い偉い坊さんも見習い中の小坊主も、毛のない頭をかかえて、いっせいに、

「ハアッハアッハア……」

ってわらはったんでな、大師は、

「そやそや、これがいい」

というて、竹ガンムリに犬と書いて「笑」うという字をつくらってんが。

しかし、三ツ脚の犬もかわいそうだと、もう一つ、脚をつけ加えたらはって、四ツ脚にしてあげやはったということや。

はなし　中尾しんろく

77　犬の脚（「笑」の字）

地獄《じごく》めぐり（閻魔《えんま》の失敗）

〔奈良市〕

むかしむかし、あるとしの夏、はやり病《やまい》でな、日本一の軽《かる》わざ師《し》と、吉野《よしの》大峯《おおみね》の山伏《やまぶし》と、南都《なんと》のある名高いお医者はんが、いっしょのときに死なってんと。

そいで、三人とも生きてやるときは、ずいぶんむごいことしときやったのに、六道《ろくどう》の辻でばったり出合ったさかい。

「おまはんら、どこへ行くつもりや」

と聞かれたとき、口を揃えてな、

「ごくらくへ行こと思ってまんねん」

っていわってんけど、道が六方にわかれて、どっちへ行ったらいいんか、わからひんので困らってんと。そいだらお医者はんが、

「そやそや、このおおぎ（扇）を立てて、こけた方へ行こ」

ちゅうことになってな、おおぎ立てやって、

「エイッ」

ちゅうて、手放しやったら、右の方から二《ふた》すじ目の道へこけたんや。その道をどんどん行かったら、金《きん》でピカピカ光った門のあるところへつかってん。

「なんぼほど、きれいな門や。」

みんなじっとみとれてやったら、金の門の戸が、大きな音をたてて開いてな、どえらい青鬼がにゅっと顔を出しよったんで、

「うわあ、青鬼！」

びっくりして、にげ出そうとしやったら、

「こら！　にがさんぞ、待てー」

ちゅうて、青鬼が追いかけてきよってな。

そんで、青鬼につかまらった三人は閻魔《えんま》さんの前へひっぱっていかれやってんと。ほてから、閻魔さんは、大きな眼むいてにらみつけやってな。お医者はんに、

「おい医者、ちっとも人助けせんで、きかん薬《くすり》のましよって、人の目くらまし、金もうけばっかりしとったんやろ」

「はい」

「おい、山伏。お前はウソいうておがんで金取っとたな」

「はい」

「おい、軽わざ師。おめえは人をひやひやさして金取っとたなー」

「はい」

「こりゃ、みんな罪が重い。おい、赤鬼、こいつらを針の山へのぼらせ！」

ちゅうて、三人とも針の山へ追い上げられやってんが。そいで、ピカピカ光る針が、山じゅう突き出ているところへきやってんと。

ほたら、軽わざ師は、

「サーテ、サーテ、サーテ、サーテ」

ちゅうて、針の山のてっぺんへ、

「ツー」

ちゅうて上《あが》ってしまやってな、空から針を引っこ抜きやって、つぎつぎと針と針の上に、抜いた針を橋のようにさし渡しやったんや。そいで、医者と山伏は、そこをスイスイ渡って行かってんと。

それを見とった赤鬼は、びくりしよって閻魔さんとこへとんで行かってん。

「あいつら、針の上をへっちゃらで、渡っていっこった」

といわはったんで、閻魔さんは、

「よし、こんどは、あいつらを釜《かま》に入れてゆでてしまえ！」

ちゅうて、三人をつかまえて、大きな鉄の釜に入れて、下からわる木をどんどん燃やしやってんと。そいで、湯がぐらぐら沸《わ》いてきたころにな、山伏が手を合わせて、口の中でなにやら、

「ブツブツ。」

〝火伏《ひぶ》せ〟の呪文をとなえやったらな、あつい湯が、いつのまにやらぬるうなって、いい加減《かげん》

になったんで、

「えー湯やな。これで、くたびれも休まるわい。もっと火をたけ」

って、あつがりもせんのでなー、赤鬼はあきれてしもうて、また閻魔さんとこへ、

「えらいやつらですわ、あいつら、なんぼたいてもゆでまへん」

「よし、そんなら、三人とも黒鬼に食わしてしまえ」

っていわはったんで、でっかい黒鬼が出てきよってな、ガブガブッと呑みこんもってんが。

鬼の腹の中へはいらった三人は、

「なんと、腹の中ちゅうとこは、おもろいもんがようけあるねな、お医者はん、教えてくれへんか」

ちゅうて、あっちこっちの腹のすじを、

「これ引いたれ、あれ引け」

ちゅうて、引っぱらったんで、さすがの黒鬼も、腹が痛うてたまらん。

「いたい、いたい」

ちゅうて、苦しみもがかって泣きながら、閻魔さんとこへ走って行こったんや。

さすがの閻魔さんも、あきれてしもうて、

「どもしゃあないやつらだ。みんな娑婆《しゃば》（人間の世界）へもどれ」

って、いわってんと。

参考　『奈良県風俗志』（一九一五年刊）

猫とネズミ 〔奈良市〕

むかしむかしのことやそうな。

神《かみ》さんが、牛やら馬やらネズミやらの動物たちを寄せやって、

「あした、エトを決めるよってなー、みんな出てこい。早《は》よ出てきたもんから、順々に決めるよってになー。ここへきてないもんには、お前らからいうといてや」

って、いわはったそうや。

そんで、動物たちはな、

「よし、わしが一番に行って、エトの一番にならんなん」

と、思うとったんや。

牛《うし》はな、

「わしは足遅《おそ》いよって、今晩から出よう。」

そういうて、その日の晩のうちに出たんやと。

そしたらな、ネズミはかしこいさかい、牛が出かけたら、その牛の背中にぽっと乗って行こったんやと。

そしたら、あくる朝、牛が神さんとこへついたら、ぽっと牛の背中からネズミがとんでおりたんやと。そんで、ネズミがエトの一番になって、牛が二番になってんがー。

ところでな。ネコとネズミは、ずっと昔から、仲《なか》わるかったんやと。そんでネズミは、

「よし、日ごろのうらみや、ここらで仇討《かたきう》ったろ!」

思うてな。

「ネコさん、神さんがな、エトきめたるよって、あさって出てこいっていうてやはったぜ」

と、ウソをついたんやと。

さて、あさってになってなー。

「まだ、だれもきてへん、わしが一番や」

いうて、ネコが喜んどったら、神さんがな、

「お前、一日おくれてる。もう、エトはきまったわい」

というて、怒らはったんやと。

まあそんなことがあってな、ネコは干支《えと》に入ってへんのや。

それからや、ネコはネズミを見つけたら、追いかけ回すようになったんやと。

はなし　大藪政子

閑古鳥《かんこどり》〔奈良市〕

むかし、あるところにー、たいへん親不孝のカッコードリがおったんやとー。

なんでもかんでも、父ちゃんのいうことにそむいて、いうことを聞かない。父ちゃんが怒《おこ》って、

「お前のような者は、ワシ（私）が死んでも、葬式《そうしき》をするには及ばん。川へでも流してくれ」

といったんやとー。

「いや、山へ捨ててやるワイ」

「それなら、山へ捨てておくれ」

「いや、川へ流してやるワイ」

というふうだったんや。

ある晩、背中がかゆくなった父ちゃんが、

「背中をかいておくれ」

といったが、どうしてもいやだといってかかなかったんやとー。

そのうちに、父ちゃんが死んでしもうた。

そいで閑古鳥は、親不孝だったむすこが、父ちゃんの背中を、

「カッコウ、カッコウ」

と鳴きつづけているんだと。

はなし　中尾新緑

宝物《たからもの》のとり替え

〔天理市〕

むかし、櫟本《いちのもと》の西の方にイチヒの大木があってんと。そんの上に悪い天狗がすんどって、イチヒの実いがなったら、上から投げてばっかしおってな、人々をいじめる困ったやつじゃった。そいから、ニワトリやくだものを取ったり、毎とし美しい娘さんを人身御供に出させとってんと。あるとし、中国から帰らはった偉《えら》い坊さんが、天狗を退治しようと思わって、

「もしもし天狗さん。中国からいい宝物を持って帰ったよ。」

そういうて、衣の下から眼鏡《めがね》を取り出さってな、

「これを耳にかけると、大和の国中《くんなか》が、すっかりすかして見える」

ちゅうてさそい出さはってん。そいで眼鏡とイチヒの大木とを取り替えるようになり、坊さんは、大きいのこぎりでイチヒの根元を、

「ゴシゴシ」

と切ってしまやってん。そいで天狗は眼鏡をもって、うれしそうに遠いところへ行こってんと。

参考『天理市史』

タカ坊主

〔大和郡山市〕

むかし、ある城下町のなかに五左衛門坊ちゅうタヌキがおってな。いつもでっかいタカボウズに化けて、町の人びとをなやましとってんと。

ある夜のこと。ひとりのさむらいさんが、道を歩いてやったら、タカボウズがでてきよったんやが。高さ六尺六寸（二メートル）ばかり、目も口もないべったりの、卵みたいな顔しとった怪物じゃった。

そやけんど、さむらいさんは少しも騒がんとなー。

「それでしまいか」

って、いわはったんで、タカボウズは焦ってなー、

「これでもか」

ちゅうて、もひとつ大きゅうなりよってん。

でも、まだ、さむらいさんはびっくりせんらしいので、タカボウズは、

「これでもか、これでもか」

ちゅうてふくれてよったら、しまいに、腹が、

「ポカーン」

と、大きい音を立てて割れてしもうて、死んでしもた。

はなし　小島拓之助

ヘビ女房（嫁とり橋）

〔大和郡山市〕

むかし、筒井《つつい》に一軒の茶屋があってん。その茶屋にコマノっていう気の強い生娘《きむすめ》がいやってんと。そこを通って、父の病気祈願に毎月一回、信貴山《しぎさん》へはだし参りしてやった布留《ふる》の若もんにほれやってん。

ほてなー。ある日、夕方おそく若もんが通りやったんでな、娘はんは、今から行ったら信貴山では日がくれるちゅうて、無理に茶屋に泊めやったのや。

ほてなー、夜がふけたころ、おもろい《（面白い）》ふうして、若もんが寝てやるとこへ娘さんが、しのんで行きやってんがー。ほたらなー、若もんは布留の明神さんに〝三年間は堅く身を守ります〟って、起請文《きじょうもん》を書いてあってんと。そいで、

「かんにんしてー」

ちゅうて、茶屋から東へ向いて逃げ出さってんが。ほたら、髪ふりみだした娘はんは一目散に若もんを追っかけていきやってん。

逃げてきやった若もんは、ちょうど八条の宮さんあたりにあった渕の横の松の木によじのぼ

らったところ、松は一夜のうちに大木になって、若もんをかくしやってんと。

ちょうど月の光で若もんの影が渕の水面にうつったもんやから、女は、

「さては！」

と、水の中へ、

「ドブン!!」

と音たてて飛びこまってん。ほてな、そのまま死んでしまやってんが。うらんで死にやったもんやから、大蛇に化けやってな、嫁入る娘さんさえ見れば、恋人を他人に取られるんじゃないかと、引っぱりこんで呑み殺しよってんと。

そいで殿さんは、嫁取りの大蛇を退治しようと、付近の村々へ命じやったところ、八条《はっちょう》の庄屋さんが、大蛇退治のクジに当りやった。

ところが、八条の庄屋さんと乳兄弟で大きゅうなろった子ギツネが、

「今こそ、育ててもろうた御恩返しの時や」

いうて、夜なかに京のお公卿《くげ》さんの大行列を仕立てて、布留の宮へくりこんでな、

「禁庭《きんてい》さまの〝御用《ごよう》〟だ」

いうて、布留の宮はんで一番たいせつな神剱《かみのつるぎ》を盗み出しよった。そいでめでとう嫁取り大蛇を退治しやってんと。あとで、布留《ふる》の宮さんへ無事に返さはった神劔は、いつの間にやら小《こ》狐丸《ぎつねまる》いうて宝劔になったし、コマノの墓ちゅうのが佐保川にかかってる嫁取橋《よめとりばし》の付近にのこったんねと。

はなし　宮前庄治郎

加賀《かが》の金沢《かなざわ》かねどころ　〔桜井市〕

　むかしむかし、初瀬《はせ》の里に生玉《いくたま》っていうた長者はんがいやはった。その長者に、わごというた美しい娘さんがやってんと。やがて二八《十六》のとしにならったら、

「わしをもろてんか」

いうて、ほうぼうから若ものがやってきやって、長者の門前は市場のようなにぎわいやってんが。

　そやけど、もってこいのムコはんが無いもんやさかい、長谷寺《はせでら》の観音に、

「どうかよいムコがきますように、顔はどうでもよろしおますから、やさしゅうて親をだいじにする人を！」

そういう願《がん》をかけやって、お堂にこもってやったら、生玉長者はんと娘はんが同じような夢を見やってんと。

「お前たちの望んでいるムコには、加賀の藤《とう》の五郎よりほかにない。わごよ、藤の五郎とお前は生前から宿縁がある。とく《(早く)》行って五郎の嫁になれ。」

そいで、長者はんのみょうとは、喜びいさまってな、しっかり嫁入り道具こしらえて初瀬を出立、山城《やましろ》、近江《おうみ》、若狭《わかさ》、越前《えちぜん》といくつかの山河をこえ、とうとう加賀につきやってんが、そやけどなかなかわからひんで、あっちこっちと探し回ってようやく藤の五郎を見つけやってんと。

ほてから観音さんのお告げやさかい、美男子で、金もある申し分ないムコ殿だと思うちやったら、なんと、五郎っていう若もんは、イモばっかり食べてて、きものはボロボロ、髪はボウボウで垢だらけ、よごれた顔はまっくろっけやってんが。しかし、観音さんのお告げでここまできたんやから、どうしょうもないいうて、藤の五郎はんに無理にムコ殿になってもらはってんと。

そいで長者はんは、娘のみょうとが一生あそんでてもよいほどの金をおいといて大和へもどらってんが。ほたら、慾のない藤の五郎は、親の長者はんからもらった金を全部、貧しい人にやってしもうて、毎日、イモを掘るのが仕事やってんと。

大和の初瀬へ帰らった長者はん夫婦は、風のたよりに聞く娘と五郎はんの貧しいくらしをふびんに思やって、ひとつつみの砂金を旅びとにたのんで加賀の国までとどけてもらやった。喜びやったわごさんはな、親から送ってきた砂金の袋のことを、五郎はんに話しやったらな、五郎はんな砂金の袋を持って田の中へでて行きやって、飛んできよったガン（雁）に、

「ガンよこいこい、これやるわ。」

そういうて砂金をぜんぶ投げつけやってんと。さすがのわごさんも、

「まあ、あなた何をされます。それは砂金と申して貴い宝《たから》でっせ」

っていやったら、五郎はんは、

「こればっかりの砂金がなんだい。砂金が欲しけりゃ、いくらでもあるわい。」

そういうてわごさんといっしょに、いつもイモを掘ってやる畑へ行きやってなー、畑の砂を手ですくい、沢《さわ》の水で洗うて、

「ほれ、見ろ！」

そういうてさし出さったら、全部がキラキラ輝やく黄金《きん》の砂やってんと。

五郎はんは、それからも砂金なんぞに目もくれんと、イモばっかし掘ってやってんけど、いつしか国司《こくし》ちゅうえらいお殿さんが、この話を聞かはってなー、藤の五郎を召出していろんなほうびをやらったということや。

そいからここを金沢《かなざわ》とよぶようになってんと。

参考『豊山長谷寺』

蓑《みの》丸《まる》長者

〔桜井市〕

むかし、初瀬から宇陀へこえる山の峠に、ある若もんがおったんや。それが十九のある日、いち日のうちにオトウ（父）とオッカア（母）に死なれてしもたんや。涙にくれてたが、野辺おくりがすんでから、親の菩提をとむらうねというて、長谷の観音さんへ月詣りをはじめよったんや。若もんは正直で、よう働きよったが、貧乏やった。

三年間、月詣りをしよったが、結願《けちがん》の夜、長谷寺の観音さんの前で参籠して、すき腹をかかえながらのう、とぼとぼ、峠へ登ってきよってん。ほたらイモの蔓《つる》が、地面を這うとるんで、掘っていかったら、底から壺があらわれてんと。

そいであけてみやったら、小判がいっぱい詰まっておってな。しまいに長者にならってんと。ほてから、長者はんは観音さんにお礼のために上げやった十三重塔は、いまも長谷寺の塔頭《たっちゅう》に立ってるそうや。

ほてからむかし長者屋敷があったところの北側の谷を「タイの骨」ちゅうのは、二代目の蓑丸長者がぜいたくしやって、毎日食べやったタイの骨が埋ったところやと。

参考『豊山長谷寺』

北林のタヌキ

〔橿原市〕

ずっとむかしのことや。曾我《そが》に北林《きたばやし》ちゅう大きな財産家があったんやと。そこの家には前からタヌキが永らく住んでおったんや。ある晩のこと、この家で小豆《あずき》めしを炊いて食べてから寝やった。

そいで、小豆めしがのこったんでな、明日《あした》にでも食べようと、戸棚になおして（しまって）おきやった。ほてから、夜なかに主人がふと眼をさましやったら、

「コトコト」

って、何やらしらんが、鍋の蓋をあけるような音がすんねと。そいでよう見てやると、二匹のタヌキが、たくさんの子ダヌキをつれてきてな、のこったんでなおしたった小豆めしを食べさせとってんと。

それをみてやった北林家の主人は、これはきっと、食べもんが無いので困っとんのであろうと、あくる晩から、何かと食べものをのこすようにして、ゆんべの小豆めしのとこへやってお
かったら、朝にはきれいに食べてしもたった。

そこでな、きっとこのあたりに住んどるタヌキやなーとおもやって、いつもいつも親切にしてやってたら、ある晩のこと、大ぜいの泥棒が、どやどやと入ってきよってな、家じゅうのもんをたたきおこして、

「ヤイ！　金を出せ。出さなきゃ、みな殺しにしてしまう」

ちゅうておどしよったんで、みんな「ブルブルブル」と、ふるえちゃったら、そこへ表の方から、ふたりのどえらい大きな相撲取《すもうと》りが、ドッシドッシと足音を立てながら入ってきやってな。泥棒に、

「ヤイヤイ、何をしていやがるんだ、グズグズいわんと、とっとと出て行け！」

と、大声でどなりつけやってんと。

そいで、びっくりしよった泥棒は、青うなって出て行こったんで、家のもんは、お相撲取りに、

「すみまへんすみまへん、ありがとうござんした」

というて、頭を下げて、おそるおそる頭をあげやったら、そこにはだれもよらいんので、二度びっくりしやってんが、ほいで、もういちど寝ることにしやってんと。ほたら、みんな揃って夢の中に、相撲取りが出てきよってな、

「いっつも食べさせてもろてる礼に、ちょっとやったんで」
ちゅうて、尾をふりながらタヌキの姿になりよったんで、みんな眼をさましやってんと。
ほてから、北林さんとこでは、タヌキさんを命の恩人やいうて、前よりいっそうていねいな
うまいご馳走をして食べささってんと。

参考　『中和郷土資料』

三輪山で力《ちから》くらべ

〔桜井市〕

むかしのことや。

三輪山の南に川合《かわい》ちゅうとこがあってな、そこを流れる粟原《おうばら》川に架かったったちっちゃい石の橋をこんにゃく橋っていうのや。その橋のたもとに、ちょっとした石があったんやと。

むかし、唐《から》の使いがわが国へきはじめたころの話やが。あるとき、唐の使いの賀王《がおう》と日本の代表の仁王《におう》が口争いをしやってんと。どちらも争いつづけやって譲《ゆず》らはらいんので、とうとうしまいに、

「それでは、力くらべをしてきめようではないか」

ちゅうて、まず、唐の賀王がさっそく三輪山へ登らってんと。

ほて、賀王は、三輪山の頂上から、ものすごう大っきい石を両手でさし上げて、仁王が立ってる川合の里めがけ、ありったけの力を出して、投げつけやってんがー。石は川合の里へ向けて、うなりを立てて飛んでゆきよってんと。ほたら、川合の里で待ってらった仁王は、飛び落ちてくる大石にビクともしやらひん。持っていた棒で、「エイッ」って、たたき割ってしまや

ってんと。

ほてから、その石の半分を小川に架けやったのが、こんにゃく橋になり、もう半分を橋のたもとに置いときやってんと。そいから、賀王に勝った仁王が川合の里のとなりに住みつきやったんで、今でも川合の南に仁王堂《におうどう》というところがあるんやと。

〈注・仁王堂は桜井市大字谷の支邑〉

はなし　松本すえ

子育て幽霊

〔桜井市〕

むかし、どこやらのお母ァちゃん死にやってんと。ほんで、おなかに子供入れたままやってんが。

そいで、そんのおなかの子供出してというたんやが、出さずに、丸うずめしやってんと。

村のはずれの三昧《さいまい》（墓地）のそばに一軒の駄菓子屋《だがしや》があってんが、毎日、日がくれると、ちいちゃな赤児《あかご》抱いた、色の白い女がやってきやってな。細い声で、

「子供が腹へらして泣きまんので、アメと餅を売って下はれ」

ちゅうて、一文銭六つ出さはってん。

駄菓子屋のおばあは、見なれんひとやな、と思やってんけど、アメと餅をつつんでやらってんと。

そいで、雨の日も風の日も毎日、日がくれるとやってきやはんねと。きまって六文ずつ払わんねや。不思議に思やったおばあが、ある日、女のひとに、

「どこの村からきやりまんねん。」

そういうて聞かってんけど、女はうつむいてやはるだけやねと。そいで、おばあは、

「いっぺん、ためしてみたれ。」

そういうて、ある日、女のひとの袖に、針に糸を通しやって、刺しておかってんが。へたら、その糸は、近くの三昧の中へ入っていこって、まだほんにちょっと前に死なった新墓の中へ入ってしもてんと。

びっくりしやったおばあは、村の衆に知らせやったんで、大騒ぎになってん。

「こりゃ、みんなで掘ってみよ。」

そういうて、掘ってみやったら、死んじゃる母親のそばで、とっても元気な赤児が、まるまるふとって、

「ギャアギャア」

泣いちゃってん。ほて、口のまわりに、アメと餅をくっつけちゃってんが。

あとで、村の衆に助けてもらやった赤児は、大きゅうなって、たいへんえらーい坊さんになったということや。

はなし　松本智恵子

土ぐも退治

〔大和郡山市〕

むかし、国じゅうを旅してやる六部《ろくぶ》ちゅう坊さんが、外川《とがわ》の村へ、サンいう犬つれてやってきやはってん。

六部はんとサンが村へ入らはってんが、へたら、村の中はえらい、しずかなんや。

「おかしいな。」

そういうて、あるいて行かったら、ある百姓やの庭に、大ぜいの村の衆が集って、何やら、ひとりの若いきれいな娘さんを囲んで話してやってな、みんな、

「しくしく」

と泣いてらんねんと。ほいで、六部はんは、

「なんで、泣いてやはるんや」

と問《とい》やったら、年よった百姓はんがな、

「ここの村にゃ、毎とし、ひとりずつ娘を、宮さんへ上げることになってまんねん。ほんで、あげたら、もう帰ってきまへん。そいで、かわいそうで、みんな泣いてまんねんや。」

そういうんで、六部はんは、

「なんで、宮はんに人身御供《ひとみごくう》なんてあげますのや」

と、こわい顔して問やってんが、ほたら、百姓衆は、

「この村の西の山に、むかしから、山のぬしのでっかい土ぐもがやはりますのや。へて、いつからかわかりまへんが、まい年、一回、若い娘を人身御供にさしあげることになってまんねん。もし、娘をさしあげんときは、タタリがあるということで、みんなそれがこうて《(恐しい)》、しょうこと《(いたしかた)》なしにつづけてますのや。」

そういやったんで、六部はんは、サンの頭をなでながら、

「その土ぐもちゅう山の主、どんなやつか知らんけど、拙僧にまかして下さらんか。娘はんについて行って退治たるよって。」

そういうて、サンをつれてな、やがて夕方になったんで、山の奥へ入って行かってんと。へたら、山奥から、でっかい土ぐもがのそりのそりと出てきよってんが。へて、毒の持っとるキバをガチガチ鳴らしもって、まっ赤な舌をペロペロ出してな、銀色の太い糸をパッと六部はんとサンにめがけて吐きかけよって、ぐるぐると巻こうとしよってんがー。

ほいで、六部はんは、

「サン、それっ、足にかみつけ。」

そういうて、持っていた錫杖《しゃくじょう》で、力いっぱいたたかはってん。ほてから、ながい間、六部はんにサンと土ぐもが、死にものぐるいにたたかいよってんとー。とうとう、サンはとしのい

ったでっかい土ぐもをかみ殺しよってんけど、サンも、土ぐもにあっちこっち毒の爪で引っかかれて、毒にあたったんやろか、

「どさっ」

と、たおれてしまいよってんと。

村の衆は、六部はんとサン、それに娘はんの身い案じて、村の辻で、火もやして待ってやったら、六部はんは、娘さんの手を引いて、土ぐもとたたかって死んだサンをかついでな、

「のっし、のっし、のっし」

と、帰ってきやってんがー。村の衆は、うれし涙で、六部はんに、

「この村の守り神だす。ここで永う住んどくなあーれ。」

そういって、サンのために、「犬塚」をたてて、手あつういけてやらってんと。ほてから、六部はんも、外川の村に住みついて、近くの村々を回って、一生を終らったということや。

そいで、今でも、外川領の田の中に犬塚があるし、常福寺の境内には六部はんの墓があるということや。

はなし　小島千夫也

猫とカボチャ

〔高市郡〕

むかし、あるとこに、猫とおばあちゃんが住んじゃってたん。ほて、おばあちゃんは、猫をえろうかわいがってやってたんと。

ほたら、ある晩がた、ひとりの旅の衆《しゅう》が、おばあちゃんの家へきらって、

「すんまへんが、こん晩、とめておくんなあれ。」

そういわんので、気持ようとめてやらってんが。へたら家の上へあがった旅の衆は、おばあちゃんが、猫かわいがってんのを見て、

「ばあさん、えろうかわいがってる猫じゃが、それ飼うたらあかんで」

って、いうたんやと。ほいで、おばあちゃんは、

「なんで、あかんのや。」

「どうも、気にくわん猫や。」

そういうたら、猫め、じっと旅衆の顔を白い眼してにらみよってんと。

ほんで、旅の衆は、寝るとき、

「どうもあいつ、気にくわん。にらんどったから、わしが寝こむと、飛びかかってきよるか知れん。」

そういうて、ふとんへ逆《さか》さに頭つっこんで寝やってんと。

ほたら、案の定、夜さりになると、猫が旅の衆のあたりめがけて、

「ギャッ!」

そう鳴いて、とびかかりよってんが、そやけど、逆さに寝て用心してやったんで、助からってん。旅の衆は、起きあがって猫をたたき殺しやってんと。

あくる朝、この話聞かったおばあちゃんは、

「まあー、かわいそうに。」

そういうて、猫のからだを裏の畑にいけてやらってんが。

あくるとしになって、夏のころ、また旅の衆がやってきて、おばあちゃんの家でとまりやったんで、ばんめしに裏の畑でとれたカボチャを食べさそうとしやって、旅の衆に、

「これ、食べてもらいまひょ。」

そういうて、カボチャのたいたのを出さったんで、手にとってよう見らってん。そいで、

「ばあさん、このカボチャ、猫いけたとこからできたんちがいまっか。」

そういわったんで、カボチャの根、掘ってみやったら、猫の眼からはえとったということや。

猫は、仇討ちしようと思うとったんやが、早い目に気づいて、食べやらひんだんで、命拾いしやってんと。

はなし　松本つぎ

鷲の育て子——良弁杉 〔奈良市〕

むかしあるところうに、百姓の夫婦《みょうと》がお蚕《かいこ》さんをこうて《（飼って）》やったんや。

ある日、赤んぼうをつれて桑の葉をつみに畑へ行かってん。桑の葉を入れる大きなかごに、赤んぼうをねかして二人は、一生懸命に桑の葉を摘んでやったら、急に、

「おぎゃあ、おぎゃあ」

という声がしたんで、いそいで赤んぼうの方へ走っていかったら、大きな鷲が赤んぼうをつかまえて、飛んで行くがな。

「こらこら、あー、いってしもた。」

お父《とう》と、お母《かあ》は、泣く泣く帰ってきやってん。ほ

て、赤んぼうはどうしたもんやろと、毎日毎日心配してらってん。

　赤んぼうは鷲につかまって飛んでな、奈良の都の二月堂にある杉の木の鷲の巣の中へつれて行かれやってんと。ほて、二月ったはん《（二月堂）》の坊さんが、杉の木の上から、

「おぎゃあ、おぎゃあ」

という泣き声を聞いて、木から赤んぼうをおろして、大事に大事に育てやってんと。

　その子はたいそうかしこい子で、小坊主さんからだんだん大きなって、とうとうえらい坊さんにならはってんと。

　このことを風のたよりにきかはったおとうとおかあは、つれだってはるばる奈良まできやってん。へて、えらい坊さんさがしてやったら、ある日、大ぜいの坊さんの行列がやってきたんで、二人は大きなお堂の床《ゆか》の下へ入ってちょくもって《（坐って）》、じっと見つめてやったらな、一番えらい坊さんが、

「あそこの床の下にいる老人はどこからきたのか、こちらへよんできなさい」

と、お供の坊さんに言《い》いつけはったんで、二人はその坊さんの前へ出やって、ひとめあいたさに遠い田舎《いなか》からはるばる奈良までやってきたことを話しやったらな、そのえらい坊さんは、良弁僧正というて、その方《かた》こそ赤ん坊の時、鷲にさらわれたわが子であるちゅうことがわかってんが。

　親子は手をとりおうて喜ばはってん。良弁僧正は両親を奈良に住まわして、ずっと孝行しやはってんと。

そいで今でも二月堂のそばに、良弁杉《ろうべんすぎ》という大っきい杉が立ってんねー。

はなし　松本智恵子

瘤《こぶ》取り爺さん

〔桜井市〕

むかし、ある田舎《いなか》に、ほべたにでっかいこぶをぶらさげたじいがやってんと。

でも、そんのころは、切り取るすべもないし、じゃまにはなるが、どねんもできへんので、ぶらぶらさして困ってやってん。

ある日のこと、山へ薪《しば》刈りに行かってん。あんまり精《せい》を出しやったもんやから、気いつかったら、陽《ひ》がとっぷりくれてしもたんで、月の光りをたよりに帰ってきやってんけど、道に迷ってしもて、

「ええい、どうなとなれ。」

そういうて、道ばたのあばら家に薪をおろして、

「こん夜はここで寝るわい。」

そういうて寝ようとしやってんが、そやけど、どねんしても寝つかれへんので、

「せや、いっそのこと、ひとばんじゅう、歌でもうとてたろ。」

そういうて、いっつもの自慢の声はりあげやって、おもろい歌、知ってる歌、でんぶ《（全部）》唄わは

ってん。

へたら、山やまの谷奥によった、いろんな妖怪《ようかい》も、いつとはなしに、歌に誘われよってな、出てきてはうっとり聞いとってんが。

こねんして、ひとばん中うたいあかしやって、東の空がぼっと白んだんでこぶ付きじいは、ホッと安心しやってん。ほたら聞いてよった妖怪どもも、みな帰ろうとしよってんが、一番えらーい妖怪めは、

「あのじいめ、よう歌知っとるが、わけ、聞いとこ。」

そういうて、じいさんに、

「お前、どねんしてそんなに歌えんのや」

ちゅうて聞こってん。へたら、じいさんは、こわがらんと、

「それはのう。ここに付いとるでっかいこぶの中にためておまんのや。」

そう答えやったんで、妖怪は、

「それやったら、そのこぶおれにくれ。」

そういうて、いろんな宝もんととりかえっこしよってんと。

じいさんは、うまく妖怪どもをだましたんで、にっこりひとり笑って、

「よんべ、妖怪どもをうまくしてやったわい。何十年もじゃまやったこぶもとれたし。」

そういうて、薪など放ったらかして、家へ帰らってんと。へて、ばあさんによんべのこと話してやったら、となりのこぶ付きじいもこの話を聞かってんと。へて、よんべのじいさんに、

「こぶはどこで取ってもろた」

ちゅうて聞かったんで、よんべのこと話しやったら、少したってから、

「オレもいってくる」

ちゅうて、同じあばら家へ行かって、余り上手でない歌をどなっちゃってんと。ほたら夜さりがふけて、妖怪どもが聞きつけて集まりよってん。ほてな、

「いつかの晩の、ウソつきじいがきとんのと違うやろか。」

そういいもって、一番しまいに、

「どうして、そんなに歌がうまはんのかい」

ちゅうて聞こったんで、となりのこぶ付きじいは、

「ほれきた。うまくやらんと。」

そう思うて、

「見える通り、この大っきなこぶの中からあの歌がでまんね。」

そういわったら、妖怪は、

「さてもさても、このウソつきじいめ。この前、わっしゃ、一人のじいにだまされて高い金のかかる宝もんと、歌出るちゅうこぶと取りかえたった。そんでほべたへつけてみたけど、ええ歌なんど、どこからも出てこんかった。このこぶはもう用がないわ。お前のいうとおり、ええ歌出るのやったら、これもついでにつけとけっ。へたらもっとうまくなるやろ。」

そういうて、前からついたるこぶのよこっちょに、もう一つこぶをつけやってんが。

「人間っていうやつは、ばけもんよりこわいやつじゃ。」
そういうて、山の奥へ消えていっこってんと。

参考　『桜井地方風俗誌』

不思議な尺八 〔橿原市〕

むかし、あるとこにママ子いじめしてやるおっ母《かあ》がやってんと。

そのおっ母にゃ、ママ子とホン子がいやってんけど、ママ子の方が、にくうてにくうてしょうなかってんと。ほいで、いつか折りがあったらママ子を殺してしもたろと思ちゃってん。けど、ママ子はやさしい子供衆《こどもし》でな、無理なことといわはっても、

「ハイハイ。」

そういうてなんでも聞いてやってん。

あるとしの正月にな、お父《とう》が、

「お前が欲しがってる櫛《くし》ちゅうのと、針箱と買ってきたる。」

そういうて、遠い遠い京《みやこ》への旅に出やってんと。

まま母は、待ってましたとばかり、京に上らったお父の留守に、ママ子に向かって、

「いっかき《（ざる）》で水くんでんか」

「石で風呂、もやしてんか」

と、いやったんで、ママ子は家のかげで、

「しくしく」

と泣いてやったら、どこからか、白い着物の着てやる坊さんがきやはってな、自分の着てる衣《ころも》の袖をちぎって、ママ子に渡さってん。ほて、よう燃える油もくれやはったんで、まま母が、まさか沸かひんと思ってらった風呂が、あつう沸いてんと。

ほいで、おっ母は、ますますママ子がにくらしゅうなってな、秋の終りごろ、あさぎではしご《（梯子）》こしらえて、はしごの下にゃ、大きな一斗釜に水を張り、下からボンボンと炊いてな、ママ子に、

「さあ、お前、お父に会いたかったら、このはしご渡ってみい。」

そういやってん。

あさぎは細うて折れやすいんで、ママ子が乗らると、ぐわっとしおって湯の中へまっさかさまに落ちやってん。釜の中の湯は煮えたぎってたるさかい、かわいそうにママ子は、身体じゅうずるずるになって死んでしまやってんと。そいで、おっ母は庭のすみに穴掘っていけ《（埋め）》らって、その上へ山から引いてきた竹植えておかってんが。

やがて、正月がくると、どこからか、尺八吹きがやってきて、おっ母に、

「あんたの庭の竹、見事だんな、尺八にしようと思いまんね、売っとくなはれ。」

そういやんので、おっ母は、

「うちの人、行ってる京の方向いては、尺八吹かんようにしとくなあれ」

と、かたい約束して、その竹、引っこぬいて売らってん。尺八吹きは、

「みょうなことという、おっ母やな。」

そういうて、

「どねんなるか、京の方向いて、いっぺん吹いてみたろー。」

そういうて、約束破って尺八吹かってんが。ほたらな、

「クシーハリバコーいりまへん。」

そういうてなりよんねが。なんべん吹かっても、

「クシーハリバコーいりまへん。」

そういうてないとったら、京からお父が、子供に約束したった櫛と針箱を持って帰ってきやってんと。

「さあ、約束の櫛も針箱も買うてきてやったで。」

そういやってんけど、ママ子の姿が見えんのや。そいでおっ母に、

「どこへやった。」

「どこへもやらしまへん。山へ薪を拾いに行ったたまま、帰ってきまひんのや。」

そういうて、おっ母は涼しい顔してやったら、どこからか、尺八吹きが回ってきやって、

「クシーハリバコーいりまへん。」

そうなこったんで不思議に思わったお父が、竹の植えたった庭のすみ掘らったら、ママ子の骨が出てきたんで、お父は、こわい顔しておっ母に、

「こりゃ、どねんしてん。わけいうてみい。」

そういうてどなりやったんで、おっ母は、いっさい白状しやってんと。

はなし　沢田四郎作

三段御作《ごさ》〔橿原市〕

むかし、地黄《じおう》という村に、惣五郎っていうおじいがいやってん。

ある年の六月、田植どきのことやった。じいさんが、やっとこさ、〝三段御作《さんだんごさ》〟ちゅうて、三段歩の広さがある大きな田の植付けをしてしもうてな、夕方、家へ帰る道で、ふと、道ばたの野井戸をのぞきやったら、なんと、その井戸へ子ギツネがはまっておぼれ死んでるじゃないか。

びっくりしやったじいさまは、

「きっと、おっかあにはぐれたんだな。それにしても、えらいとこで死んだもんや。」

そういうて、その子ギツネを井戸の水の中から拾いあげやって、畑のすみにちっちゃな穴掘って、いけて《（埋めて）》やらってんと。その夜さり、じいさんが、うとうとしてやったら、表《おもて》の戸を、

「トントン、トントン」

と、だれやらが、たたきやんね。そいで、おじい、眼え、さまさったら、五、六人の声で、

「お田引いた、惣五郎はん、三段御作、みな引いた」

と、ゆうとってんけど、そのままどっかへ行ってしまおってんと。

あくるあさ、おじいが、田を見にいかったら、えらいこっちゃ。きのうせっかく、しんどいめーして全部植えてしもた広い田の苗が、ひとばんの間じゅうに、すっかり引抜きかれてしもてんねと。そいでおじいは、あっちこっちと、だれか知ってやしないかと聞いて回らってんけど、だれも見たもんも、聞いたもんもいやひんでんと。

そこで、おじいはふと、きのうの子ギツネのこと思い出さってん。ほて、きのう、子ギツネをいけた畑を見にいかったら、そこもあたりいちめん掘り返されて、いけといた子ギツネはよらひんかってんと。おじいは、

「こりゃ、きっと、親ギツネめが思い違いしとるんじゃわい。」

そういうて、あたりの川の土手《どて》や、竹やぶ、雑木林ちゅうな、キツネがすんでるよなとこみんな回らってん。ほてな、大きな声で、

「あの子ギツネは、野井戸で、おぼれ死によったんや、そいを、わっしがいけたったんじゃ」

と、どならってんと。ほたら、その夜なかに、

「よういせえ、こらせえ、よういせえ、こらせえ」

と、どこからともなく、伊勢音頭《いせおんど》とる声がしてな、それがおじいの家の前でとまってん。ほて、またな、表の戸を、

「トントン」

とたたいて、

「お田植引いてすまなんだ。三段御作また植えといた。」

そういうて、どっかへ行っこってん。

夜が明けて、おじいが表へ出やったら、門のとこに、大きな鏡餅が、ひと重ね置いたって、三段御作にゃ、またもと通り、青々と、苗が植えたったということや。

はなし　崎山卯左衛門

惚れぐすり 〔北葛城郡〕

むかし、あるところに、キチコとママコが住んどった。

あるとき、ママコめ、えらい《（大変）》おとろしがってん《（うるさい）》ので、

「どねんしてん」

ちゅうて、キチコめ聞こってん。へたら、

「ほんまはな。あのザコク《（米）》屋のイトハンに惚れて、恋の病《やまい》にかかってんねー。」

そういおったんで、キチコは、

「そんだら、こうしたらどねんやろ。惚れぐすり買うてきて、イトハン出てきやるところめがけてふりかけてみるこっちゃな。」

そう教えてもろうたんで、ママコめは、えろう勇んで惚れぐすり買うてな、毎日毎日、ザコク屋の門口《かどぐち》で、イトハン出かけやんのを待っとってんと。へたら、ある日、イトハンがオナゴ《（女中）》シつれて出てきやったんで、

「それ！」

と、いうて、惚れぐすりを、イトハンめがけて、

「パッ」

と、ふりかけよってんけどな、手もと狂って、べっぴんのイトハンにかからんと、ヘチャ《（不美人）》の女中にかかってしもてん。へたら、その女中はん、

「ママコはん。おまはんに惚れたわい。」

そういうて、だっと走ってきよったんで、ママコめ、びっくりしてな、家へ帰って、戸しめて寝てやってんが、へたら、そこへキチコがやってきよって、

「てんご《（いたずら）》のぐあい、どやった。」

そういうて聞かってん。へたら、ママコめ、

「あかひん、えらいしくじりや。」

そういうて、ヘチャな女中に惚れぐすりがかかって、追っかけられた話しやったさかい、キチコめ、

「プッー」

って、吹き出して笑やってんと。そいで、

「もういっぺん、じっくり待って、惚れぐすりかけてみたらええ」

と、キチコがいおったんで、ママコは、もっぺん《（もういちど）》、イトハンがひとりで出かけやんのを門口で待ってやってんと。へたら、風が吹いたある日、イトハンがひとりで出かけてきやったんで、

「こりゃ、天の助けだす。」

　そういうて、力いっぱい、惚れぐすり、

「パッ」

と、ふりかけやったら、風の向きがにわかに変って、イトハンにかからんと、よこっちょの米の俵《たわら》に、かかりよってんと。へたら、米の俵が、ママコめがけて、

「コロコロ」

っと、ころんできよったんで、ママコめ、びっくりして逃げらってん。ほて、家の戸おろして寝てやったら、

「トントン」

と、表の戸をたたきやんので、キチコがきよったんかと思うて、

「だれだ！」

と、どなりよったら、

「ママコはん、開けとくなはれ、おまはんに惚れた米俵がやってきましてん。」

　そういうて、ドンドンたたきよんので、ママコは青うなって、ふとんの中へもぐりこんで、

「ガタガタ」

と、ふるえちゃったということや。

参考『大和昔譚』

大和のカエルと河内のカエル

〔北葛城郡〕

むかし、大和《やまと》と河内《かわち》にカエルがいよってん。

大和のカエルは、

「こりゃまあ、河内ちゅうとこ、この山越えたらあるちゅうこっちゃが、いっぺん見たいもんや」

ちゅうて、のそのそ、岩屋峠ちゅう坂、登って行っこってんと。

ほたら、同じころ、河内のカエルもな、

「大和ちゅうとこ、死ぬまでにいっぺん、見たいもんや。」

そういうて、向うから岩屋峠ちゅう坂、登ってきよってんと。

ほいで、両方から登ってきよった両方のカエルが、山のてっぺんで、ふっと出会うたんやと。

ほて、

「おお、おまえどこへ行くねや」

ちゅうたら、

「わしゃ、河内から大和を見に行こうと思うとんねや。おまえ、どこへ行くんや」

「わしゃ、大和で大きゅうなってんけど、いっぺん河内あ、おまはんとこ、見たいと思て、これから行ってみたろうと、ここへ登ってきたんや」

「あ！　そうか、へたら二人ながら、わざわざ見にゆかいでも、ここで伸びあがって、のぞいてみようじゃないか。ほたら、よくわかるでー」

と、河内のカエルがいおったんで、大和のカエルはな、

「そやな、それもよい。ほんならここで、高ーいとこへ登ってのぞこうか。」

そういうて、河内のカエルも、大和のカエルも、

「よいしょ。」

そういうて、腰のばして見よってんと。ほたら、カエルの目玉ちゅうのん、うしろの方に付いとるさかい、立ちあがりよったら、自分があるいてきよった方が見えたんやが。

大和のカエルさん、大和の方見てな、

「あーあ、河内ちゅうのんは、大和によう似とるわ。キミー、ほんに大和とちっとも違わんで。」

ほたら、河内のカエルも、

「なーるほど、キミーのいうとおりや、大和と河内はそっくりじゃ、ほんならわざわざしんどいめーして見に行くことないで。」

そういうて、大和のカエルと、河内のカエルは、登ってきた坂を下《お》りて行こってんと。

参考『当麻町史』

牛《うし》になった奉公人《ほうこうにん》

〔生駒郡〕

大和《やまと》の郡山《こおりやま》の南のはずれあたりは、むかし片桐村《かたぎりむら》ちゅういうたところや。そこの池之内いうところにな、牛《うし》の宮《みや》いうちっちゃい塚があんね。その塚にゃ、むかし、松の木が一本あってん。ほて、毎とし五月四日に、農奉行《のぶぎょう》いうて、とし十五にならった男の子がよって、十五から下の子供衆《こどもし》を全部、呼《よ》び衆《しゅう》しやってな、米の粉でつくらった親指ほどの「しんこ」にアンつけてよばっててんと。

ほて、あくる日五日にゃ、朝早ようから、農奉行いう十五歳の子供がつらって（いっせいに）牛の宮へまいってな、しんことおみきを供えやるし、どこのお百姓さんも飼うてる牛つれてここへまいらってんと。

なぜ、こんなことしやるかちゅうと、こんな話があんねて。

いつのころかはっきりしやひんねけど、むかしのことやった。この村のあるお百姓はんとこに、まじめえな奉公人《ほうこうにん》がやってん。何年間ちゅう〝年季奉公《ねんきぼうこう》〟を親方《おやかた》ときめやって、一生懸命に働いてやってん。

ほたら、あと一年か半期（半年）というとこで、にわか病いにかからった。だんだん重うなって、

「あっ」

というまに、死んでしまやってんと。

どもしようないんで、親方が野辺送りしたらって、あくる朝、表の戸を開けやったら、一匹の牛が、門の前に立っとってんが。

なんのことか、さっぱりわからひんだ親方は、

「まあまあ、こりゃありがたい。」

そういうて、死んにやった奉公人の代りに、牛部屋で飼うて、仕事させてやってんと。

へたら、ちょうど、死んだ奉公人の残して行きやった年季が終った日にな、やってきよった牛も、ぽっくり死んによってんが。

そいで、親方は、

「こりゃ、きっと、奉公人が牛に生れ変って、のこったった年季をつとめよってん。」

そういうて、親方は、牛のなきがらを、この塚にいけらってんとー。

ほいで、子供衆が農奉行ちゅう祭りをしてよるところをみると、牛に生れ変って、のこった年季をつとめよったんは、ひょっとしたら、年《とし》歯《は》も行かん子供衆だったかも知れんと思てまんねん。

〈注・現在は五月五日にのみ、牛の宮で神事がある。〉

はなし　植島知一

蚊のおこり

〔生駒郡〕

むかし、大和の国に、文武王《ぶんぶおう》ちゅう、たいへん人間の生き血を吸うことが好きな王さんがいやってん。

皇子《おうじ》や家来たちは、ある日、

「王さま、人の生き血を吸うてなのは、おそろしゅうなことだっさかい、そんなもんよりほかに、ぎょうさんうまいもんがあります。今日は、めずらしい赤の実を持ってきましたんで、これでしんぼうしてくだはれ。」

そういうて、赤うて人間の血のようなもんたくさん、さしださってんと。

そやかて、王さんは、それからも人の生き血をさがし回ってやんので、心配しやった家来たちは、皇子と相談してな、

「王さん、西の方に人間のうまい血があるということだっさ。」

そういうて、生駒山へつれ出さってん。ほて、あっちこっちと歩いてから、

「ずいぶん、歩き回ったんで、あの岩屋の中で、ひと休みしまひょ。」

そういうて、文武王を岩屋の中へ入れやっててん。ほんだら、待ってた家来は、急いでうしろから、岩屋の戸を、

「ガッチャン」

と、閉めてしまやってん。ほて皇子さんに、

「決して、あの岩屋をお開けになっては、いけません。」

そういうて、止めておかってんが、三十日ほどたってから、文武王のことが心配になった皇子が、

「もう、いいだろう。」

そういうて、家来たちにはないしょで、こっそり岩屋の戸を開けやはったんや。ほんだら、

「ブンブン、ブンブン」

と、うなり声をあげて、いく万とも知れん蚊が、

「わぁーん」

と、岩屋の中から飛び出してきよってんが。

あとで、大和の国の人々は、

「ブンブ王が、ブンブンちゅうて蚊にならってんと。」

そういうてやってんがー。

そいで、今でも、大和の国にゃ、蚊が多いということや。

はなし　宮武正道

猿の聟入り

〔北葛城郡〕

むかし、あるところに、じいさんとばあさんと、それに娘はんが三人やってん。

あるとしのことやが、くる日もくる日も日照りつづきで、田植しようにも、水が足らんし、としよりと女ばかりで人手もないし困ってやってんとー。

ある晩のことやった。

「だれぞ、田んぼへ水入れてくれて、田植も手伝ってほしいなあ。そんな奇とくなおかたがござったら、娘が三人あるけー、一人《ひとり》ぐらいはあげますわー。」

そういうて、じいさんはぶつぶつひとりごというてやってんと。

ほたら、どこかで、

「あーいよ。」

そういうて、あんまり聞いたことない返事がしたそうな。

ほて、あくる日の朝になってんが。すると、いつの間にやら、田んぼに水がいっぱいつまって、どこからともなう人足《にんそく》があらわれて、あっという間に田植がすんでしもてんと。

ほたら、その夜さりのことや。

「こんばんは。」

そういうて、表の戸を、

「トントン」

ちゅうてたたきよんので開けて見やったら、

「娘、やるちゅうたんで、もらいにきましてん。」

そういうて、ひ猿があたまをかきよってんと。たまげよったじいは、

「約束は、約束だ」

ちゅうて、ひとりひとり娘はんにたのんでみやってんが。へたら、一番大きい姉《ねえ》は、

「わしゃ、お猿さんとこへなど、よういかん。」

二番目の娘にたのんだら、

「お姉ちゃんが行かんとこへ、わしもよういかん。」

しまいに末の三番娘にたのまったら、

「ほんなら、わしが行ったる。」

そういうたんで、ひ猿は大喜びでなー。

「そんなら、いつ迎えにこうかな。」

「そのうちに、ご返事しますわ。」

そういうたんで、ひ猿は、

「早う知らせてな、待ってる。」

そういうて、山の方へ帰《い》んだそうな。じいとばあは、

「ほんだら、嫁入りじたくはなんにしよう。」

「鏡《かがみ》、一枚買うてくれ。」

そういうたんで、じいとばあは、町へ行って、鏡を一枚買うてきたそうな。ほて、嫁入りの日にちを、

「いつにしよう。」

そういうてたら、また、

「あーいよ。」

そういうて、ひ猿が迎えにきよったんで、そいで末娘はひ猿の聟について行かってんと。ちょうど、山桜が満開じゃったんで、鏡と桜の花を持って嫁御寮はんじゃった。へたら、谷川の橋の上で、鏡が、桜もろとも、「チャボーン」ちゅうて、水の上へ落ちたんや。

「猿さん猿さん、わたしの大事な、鏡と桜が落っこちた。早よう拾ってちょうだい。」

そういうて、娘さん、えろうせきやったんで、猿の聟さんは、いきおいよー、川の中へ、「ボッチャン」ちゅうて飛びこみやってんと。へたら川の中は大雨のあとで、大水じゃったんで、下へ下へと流されてしもて、娘はんは、

「ああ、お猿さん流れるう、お猿が流れるう。」

そういうて、喜ばってん。ひ猿はひ猿で、

「かわい嫁さん、泣くや悲しや」
いうて、下へ下へ流れていっこったそうや。

はなし　沢田四郎作

石抱いてた若もん

〔北葛城郡〕

むかしの話やね。

大和川《やまと》の入口の立野《たつの》ちゅうとこに安村坂《やすむらさか》ってのがあってん。そこの坂に大っきな竹藪があってんが、ここに古ーいとしより狐が住んどって、若うてきれいな女に化けよってん。

あるとしの春じゃったが、大和と河内の国境《くにざかい》の高山《たかやま》から馬場へ遊びにきよった若もんが、安村坂へ通りかかりよったら、きれいな美人が立っとって、

「わたし、あんた好きや。」

そういうて、若もんにだきつっこってんと。そいで、若もんも、思わず女に抱きつこってん。

夜が明けてみやったら、若もんはしっかり、青い石に抱きついて、寝てやったということや。

はなし　森本種次郎

左手は棒じゃった

〔北葛城郡〕

むかし、あるとき、二上山のふもとでな、あるおっさんが、夜道《よみち》して帰ってきやってん。ほて、いっつも狸めが、若い女に化けて出よるちゅうとこへきやってん。へたら、案《あん》の定《じょう》、出よってん。へて、おっさんに、若い女が、「にっこっ」と、笑おったんで、おっさんは、

「姉さん、いっしょに行こう。」

そういって、しっかり女の右手をにぎらって、どしどし家の方へ帰ってきやってんと。

へたら、その女、

「おっさん、右手が痛はんね。左手に持ちかえておくんなあれ」

っていおってんけど、

「こら、だまされるぞ。」

そう思うて、また、どんどん帰ってきやってんが。

ほたら、若い女め、眼から涙出しよって、

「痛い痛い」

ってたのみよるもんやさかい、とうとう、気の毒に思うて、左手に持ちかえたって、家の前までたどりついてな、あかりの下でよう見やったら、左手と思っちゃったんは、太い棒やってんと。

参考 『大和昔譚』

山《さん》中《ちゅう》（東大和《やまと》）

鶴の塔

〔桜井市〕

むかし、粟原《おうばら》谷の六本《ろっぽん》ちゅうところに、浦西《うらにし》いう家があってん。そこの主人が、ある日、東の空を見てやったら、病いにかかった一羽の鶴が、よなよなと舞い下りてきよってん。

ほいで、主人はかわいそうに思はって、家のものどもといっしょに、親切に世話してやらったおかげで、鶴はしばらくの間にすっかり元気になって、もとどおりに治ってな、うれしそうに西の方へ飛んでいっこってん。

ほたら、その後、この家の上を、前に助けやった鶴が、何回も何回も飛び回って、一巻の曼《まん》荼羅《だら》を落していきよってんと。それを開けてみ

やったら、美しい鶴の羽根で織った綾錦《あやにしき》やってんがー。家の人々は、

「あの鶴が、自分の毛を抜いて、つくりよってんやろう。」

そういうて、鶴の供養のために十三重の塔を、鶴が飛んで行った西の空がようく見える丘の上へ建ててやらってんと。

そいで、今でもこの塔を「鶴の塔」っていうてんね。


〈注・鶴の塔はいま粟原寺境内にうつされている。鎌倉時代後期。〉

はなし　松本すえ

おりゅう（柳）の森

〔奈良市〕

むかし、奈良の東山中《ひがしさんちゅう》、大柳生の山口神社のすぐ北の田んぼの中にこんもりした森があってな。その森に、天をつくようなでっかい柳の木が生えたったんで、土地では「おりゅうの森」っていうてやってんがー。

ちょうどそのころ、京都の三十三間堂を建てることになってな、その長い棟木を、三十三間つぎ木のない一本ものの柳の木でしょうということで、諸国に布令《ふれ》を出してさがしやってんと。

ほたら、奈良の東山中の神戸《かんべ》四ヶ郷の中の山口神社近くにある「おりゅうの森」が選に入ってな。そこの柳の大木が伐り出されてんと。そいで大柳生《おおやぎゅう》ということや。

はなし　島田喜夫

松尾長者のミイさん

〔桜井市〕

むかし、あるところに松尾《まつお》という長者はんがやってんと。この長者はんは、若いころ貧乏なお百姓さんやってんけど、あるとき、嫁さんが姥皮《おばがわ》をかむった蛇の子を生みやってんが、家の人はびっくりしやって、殺してしまおうとしやってんけど、母親は可哀そうだいうて、

「ミイさん」

と名付け、裏庭へ放してやらってんと。

ほたら、あるとし、雨が降らんで田畑はもう、からからんになってしもうてん。

ほいで、ミイさんの母親は、あの子にたのもうと思やって、裏庭へ行ってな、

「三日《みっか》の間に、雨降らしてんか」

そういうたら、ミイさんは、だまってうなずきやったんで、庄屋さんにそう伝えやってんと。

そいで母親は、ミイさんに毎日、念を押して、三日めには、

「今日こそ、たしかに降らしてくれんのね。」

そういうて、母屋《おもや》の方へ帰ろうとしやったら、一天《いってん》にわかにかきくもって、母屋へ帰れんく

らいの大雨が、
「ドドッ、ドドッ」
っと降ってきてんと。村中はもちろん、大和の国中《くにじゅう》に大雨が降って、そのとしは大豊作にな
ってんがー。あとで、これが「ミイさん」が降らさはった雨やとわかってな、国司《こくし》から松尾ち
ゆうお百姓さんに、たんとごほうびが下ってきたということや。
ほいで、「ミイさん」のおかげやいうて、祠《ほこら》を建てて祭らったんやが、それから松尾家はだ
んだん繁昌して、どえらい長者さんにならってんと。
〈注・長者の屋敷跡にあった祠は、いま粟原の天満神社境内に移されている石の神殿だという。〉

はなし　松本俊吉

猫タタキの如来
〔宇陀郡〕

むかし、宇陀の郡《こおり》の春日《かすが》村に七兵衛ちゅう大きな百姓はんがいらってんが、そのヨメさんのおナカ婆さんが春のはじめに死なってな。そいで宇陀の松山《まつやま》の光明寺いう寺で憲海《けんかい》上人ちゅうえらい坊さんに引導《いんどう》わたしてもろうて、さあ、寺から出棺しようとしやったらな。急に本堂いったいの空が真黒っけになって、かみなりが鳴り、きつい風とともにどっと雨が降ってきよってん。

そいで会葬の人々は、恐れおののいて、進みも、あとずさりもできへんでうろうろしちゃったら、ご上人さまは、

「この怪しげなさまは、必ずやけものが棺をうばわんとしているに違いない。」

そういうて、棺桶を七条の袈裟《けさ》で巻き、阿弥陀如来のかけじ（掛図）で、左右をおがんだあと、

「えいっ！」

ちゅうて、かけじを棺桶に向けて投げつけたんや。ほたら、あれほどすさまじかったあめかぜがぱったり止んで、もとの静かな白昼《はくちゅう》にもどったんやと。そいで、みんながきょろきょろし

てやったらな、棺桶の横に、がんち《（片眼）》になったとしよりの大きな一匹のネコが死んどってんと。
そいでな、これからこのかけじを、〝猫タタキの如来〟というたんや。

はなし　辻本好孝

147　猫タタキの如来

物忘れの宿屋《やどや》〔宇陀郡〕

むかし、ネギの白根《しろね》とクワイを食べれば、よく物忘れをするちゅうことを知らった宿屋のおかみさんが泊り客に、ネギとクワイばかりをあしらった食膳をこしらえやってんと。

泊り客は、夕めしの膳を見てびっくり仰天、すっかり食べたていにして、あくる朝、早々に逃げ出しやってんが。おかみさんは、

「しめしめ！　百両は忘れてあるやろ」

ちゅうて、いそいで泊り客の部屋のすみずみまでさがしやってんが、そやけど鼻紙一枚だって置いてなかってんと。ほてな、ふと、泊り客からとまり賃もらうの忘れてるのを気いつかってん。それはな、ネギとクワイの料理の味つけを念入りにしやって、自分が忘れるようになったためやったんや。

あわてて、泊り客のあとを追いかけてな、

「めくら、クルクル目の大きい、あきんど〔商人〕五十の、荷物をしらんけ……。」

そういうて、大声でドタバタさがし回らったが、どこへ行かったのかさっぱりわからずじま

いになってしもてんと。これは、「めくら縞《じま》の着物を着た、クルクルと目の大きい、商人風で五十歳ぐらい、荷物を肩にした男を知らんかい」っていうのを、ネギとクワイの効きめで、途中のことばを忘れてしまやったためやと。

参考 『菟田野町史』

カニとナマコ

〔宇陀郡〕

むかし、あるところで、カニ（蟹）とナマコ（海鼠）がけんかをしとったんや。

カニが大き眼をむいて、ナマコに、

「こりゃ、ナマコ。手前《てめえ》いっつものらり、くらりと歩いてるさまを見よ。色が黒うてのっぺらぼう。それでも少しはいいところがあるんかいな。」

そういうたら、ナマコはカニに、

「なんだ、よく聞け。カニよ。おれはな、これでもお座敷で人に好まれ、酒の肴《さかな》や、三杯酢《さんばいず》で食べられるうが、手前は座敷へも出られまい。せいぜい夜店《よみせ》の屋台店《やたいみせ》がせえーいっぱい。さっぱりせんのう、そう怒っては赤い身体がいっそう赤うなるわい。」

そういおってんと。

参考　『三本松村風俗誌』

くつぬぎの天女

〔宇陀郡〕

むかし、竹渓之庄《たけだにのしょう》の目代《もくだい》だった藤原時廉《ふじわらのときかど》という若いお公卿さんが、あるとき、向渕《むこうじ》の竜王ヶ渕のほとりをひとりで歩いてやると、天から下りてきやはった二人の美しい天女さんが、雪のような白いゆたかな肌を出して、水浴びをしてやはるのを見やってんと。

そいで時廉は、松の枝に掛けたったふたりの羽衣《はごろも》をそっと取りやって、天女の前へあらわれやってんがー。びっくりしやったふたりの天女は、

「わたしたちは人界のものでありまへん。この渕は水清く人間のけがれを知らない善女竜王の泉ですので、ときどき、こうやって、天上から交代で水浴びにまいりますが、もう人間にみられたからには、ひとときもゆっくりしてられまへん」

いうて、すばやく羽衣はつけやってんけど、舞い下りる時にはいてきやった履《くつ》だけは脱ぎすてたまんま、大空へ飛びあがらってんと。

参考　『奈良県宇陀郡史料』

滝の尾長者の千枚田 〔宇陀郡〕

むかし、室生口大野《むろうぐちおおの》から一里ほど北の、都祁山之《つげやまの》道《みち》にそった笠間川《かさまがわ》の南側、隠れ里のような山合いに、滝《たき》の尾長者いうて、大きな長者はんがいやはった。

長者はんは、石大工《いしだいく》が家業だったが、若いころから大和じゅうのお寺の石仏《いしぼとけ》やお宮さんの燈籠《とうろう》や鳥《とり》居《げ》づくりに丹精しやったんで、しまいには大和で指折りの長者はんにのしあがらはったんやと。

仕事がらがっちりした城のような家に住み、大和と伊賀の国ざかいの青葉山《あおばやま》に、広さ三町歩の千枚田《せんまいだ》ちゅうのがあったそうな。毎とし五月の田植には、それだけ広い田をただの一日で、植えてしまうのが長者の家のしきたりだったそうな。

ほてから、近くの村から数十人の男が出やって、田ごしらえしたあと、田植の日にはこれまた郡中《こおりじゅう》から選ばれた早乙女《さおとめ》さんが、揃いの絣《かすり》の着物に、新しい笠を着やって、ずらっと並んで、いっせいに稲苗を植えやって、そりゃ見ごとなもんだったそうな。

ほて、あるとしの田植に、昼もだいぶ過ぎたんのに、仕事がどうもはかどらんでな。指図してやった長者の番頭《ばんとう》はんがイライラしちゃったところへ、笠間峠から伊勢まいりを終って着かざった都《みやこ》ぶりの一行が、どやどやっとやってきやったんでなー。だれかが、

「そらそら、見てみなはれ、きれいでしゃろー」

いうたら、若い田舎娘《いなかむすめ》の早乙女さんは、みんな腰をのばして、

「まあ、きれい！」

って、美しい洛中洛外《らくちゅうらくがい》の若衆《わかしゅう》姿に見とれちゃってんと。

そいでな、田植がだんだんおくれてしもうて、まだ半分もすみそうにないちゅうに、どうしたもんか、お天《（太陽）》とうさんが山へ入りかけやったんで、ご気嫌が悪うなった長者はんは、

「どうもこの調子やったら、とてもきょう一日じゃすまん。ひとつ、お天とうさんにお願いしよう」

というて、倉の中から黄金《きん》の扇を持ってきて、羽織、はかまをつけ、西の方を向いて、山へ入りかけやはったお天とうさんを、扇で招いて、

「来い、来い。しばらく待て」

っていやってんけど、あかんでな、とうとう日がくれてしもうてんと。

そいで、とうとう千枚田にゃ、米がとれなくなってしもうてな。国中の人びとは、

「長者はんが、お天とうさんを無理に返そうとしやった罰や」

いうたんやと。そいから、千枚田はいちめんの広い茅原《かやはら》になってしもたということや。

そやけど、長者はんはとりわけおごりもしやーらんで、若いころからとおんなじがっちりはしてるが、あんまり長者らしからん、みすぼらしい家に住んでやった。長者はんには、ふたりの子供があったんやが、兄貴は馬乗りの名人だったが、弟は親にも似ないなまけもんで、長者のあとはつがんといいよってな、とうとう家出しよった。兄も馬に乗ったまま、伊賀《いが》の上野《うえの》の方へいってしまった。つづいて、長者の奥さんも、先立って死んでしもうた。

そいでな。さすがの長者はんも力をおとしやって、村の北にまつったる小原《おはら》の雄滝《おたき》の不動さんに日参《にっさん》してやってんけど、ついにあるだけの大判小判を深い滝壺《たきつぼ》へ投げこんで、つづいて自分も、

「どぶん」

と、滝の中へ飛びこんでしまはったんやと。

ほてからずっとあとに、大和の国にでえらい日照りがきよってな、村の人たちは、だれいうとなく、ずっとむかし、あの名高かった滝の尾長者がほかした《（捨てた）》ちゅう大判と小判を滝底からとり出そうやないかということになり、男も女も総がかりで、滝の底まで水をさらえやってんが。

しかしな、黄金はひとつも出やいんで、かわりに長持形《ながもちがた》の大きい箱石があらわれよった。

ほいで、この中に大判と小判があるんやろうということで、近くの滝の上に持ちあげらって

な、玄翁《げんのう》で打ち割ろうとしやったら、急にものすごい雷鳴と大つぶの雨が降ってきたんで、みんなこわがって逃げらってんと。

そいで、川から大水が出よって、えらい日でりもおさまったということや。今でも、長者の長持石ちゅうのが、小原の滝壺にあってな、毎とし正月に、金のにわとりが、

「コケコッコー」

というて鳴くということや。

はなし　松田はるえ

夢の蜘蛛《くも》

〔宇陀郡〕

むかしむかしの春だったな。

笠間の長者屋敷跡《ちょうじゃやしきあと》の草っぱらに、ふたりの乞《こ》食《じき》がおってな。ある日、ひとりの乞食が寝てよって、もうひとりはおきていたんや。するとな、一匹の小さい蜘蛛がどこからかやってきよってな。寝とる方の乞食の鼻へ、のっそりと入ったり出たりしとってんとー。

それを見てよったおきとる乞食は、びっくり仰天、

「オイオイ、おきろ。お前の鼻の中へ、蜘蛛が出たり入ったりしとるやないか」

ちゅうてやったら、めー（眼）さました乞食は、

「オレ、いま、すばらしい銭《ぜに》もけた夢見とったのに！　このあたりにどえらい宝物があるのかいな。」

そういうたんで、おきとった乞食は、

「そうや、あいつの夢は、きっとあの蜘蛛が告げたんだ。あの蜘蛛が長者はんが住んでやった庭の泉水から出てきよって、泉水へ入って行こったから、千両箱はきっと、あの泉水の中にあるに違いない」

ちゅうて、眠っとった乞食がいない間に、蜘蛛が出てきて入りよったとこ掘りよったらな、寝てよった乞食のいうておった通り千両箱が三つもあってな、小判が入っとったんや。

そこでな、おきとった乞食は、これを持って伊勢の町へ出て商売のもとでにしよった。だんだんと店は繁昌して、その乞食は大旦那におさまりよってんとー。

いっぽう、寝てよった乞食は、流れ流れて伊勢へ出て、大きな店の前を通りよった。そいでな、ふっと中をのぞきよると、その中に坐っとる旦那が、長者屋敷跡にいた相棒じゃないか。店の旦那もびっくりしよって、

「まあー、お上りー。」

そいで、旦那は、はずかしそうに、

「実はな、あの長者屋敷の泉水から出てきた三つの千両箱をもと《（資本）》に商売をはじめたんや。どうか、昔のことはいわないでな」

ちゅうて、たのみよってんが。

そいだら、寝てよった乞食は、

「そんならばいうが、わっちの見た夢にはなー、七つの千両箱が埋めてあったんや。まだ、四つのこっとる。」

そういうて、ふたり揃って笠間へ帰ってきやってなー。泉水を掘りおこしやったら、なんと、夢の通り、のこりの千両箱が四個あったんや。

そいで、寝とった乞食が三箱とり、のこりの一箱をふたりで分けやってんと。寝とった乞食もそれをもとに、大坂の方で商売しやったところ、えらい繁昌してんとー。

『大和の伝説』七一四話より

鐘《かね》にはフシの木

〔宇陀郡〕

むかし、奈良の大仏たんつくらはったころの話やね。大仏たんに時知《とき》らせるどえらいつり鐘を鋳こまってな、つりがね堂に吊ろうとしやんねけど、何べん吊らっても、鐘のめかたが重たいもんやさかい、堂の梁《はり》が折れよんね。そいで、困らってな、どねんしたらええんやろいうてやったんや。

そのころな。大仏たんの信者はんが、ある寒い夜さり、大和と伊賀の国ざかいを通ってやったらな、山の上で、余り見かけん伊賀からきたらしい親子づれが、ひそひそと、娘はんに、

「カネ（鉄漿）にゃフシが一番、よいぜ」

ちゅうて話あってるの聞かったんや。信者はんは、「ポン」と、膝を打ちやって、

「これや、これや」

ちゅうて、すぐさま、東大寺のお坊さんにいうていかってんが。そんのフシ（五倍子）の大木がなかなかのうて、ほうぼうさがさったところ、ようやく、大和から伊賀へ抜ける国ざかいに、どえろう茂ったる青葉山《あおばやま》から見付け出さってんと。そいで、青葉山のふもとに大池ちゅうどえ

らい池をつくらはって、そこへ浮かせ、せきを一時に切って、水もろともにフシの大木を五月《さつき》川に流さってな、ようやく奈良の都へはこばあーってんと。

そいでな、今でも青葉山に浮池《うきいけ》がのこったあーるし、積出しの指揮とらった坊さんがつめてやった毛原《けはら》にごっつい建物の礎石がのこったるということや。

はなし　乾 健治・峯 憲二

オオカミの恩返し

〔宇陀郡〕

むかし、大和から伊勢へこえる峠の上に首なし地蔵はんがいやはってん。

そこでな、大和から山奥へ、米をはこぶあきない人《びと》がなあ、峠をこえるたんびにここでいっぷくしてヒルハン《（昼めし）》食べることにしてやってん。そのたびにな、オオカミがやってきよったんで、チョッチョッと、ヒルハンを分けてやらってんと。

ある時にな、大きなオオカミがやってきよって、大きなワアー《（大口）》開いて、いっきにあきない人にかぶりつこ《（咬みつく）》うとしたんで、びっくりしやって、首なし地蔵をまつってある穴の中へ入ってかくれやったんや。

するとなー。どこからか、いつものオオカミとそのつれが、何匹も何匹も出てきよって、二重三重に垣して守ってくれて、大きなオオカミを追いかけて行きよってんと。

そんで、オオカミのようなこわいもんでも、へいぜいからたいせつにしてやっといたら、恩を返してくれるもんやというのや。

はなし　中村サワ

縁起直しの狂歌　〔宇陀郡〕

むかし、あるどえらい《（大きな）》家で、ドビン《（土瓶）》ていう土づくりの茶瓶《ちゃびん》で、湯をわかしてやってんがな。

ほてな、ドビンにゃ金《かね》のツルがついとったんやとい。

そいで、ある日オナゴシ《（女中）》がなー。そそうしやって、ドビンを割《わ》らってん。旦那《だんな》さんに叱られるちゅうて、つまらん《（困った）》顔してやると、とんち《（頓智）》のええ、でっち《（丁稚）》さんがきてなー。

「ドン（鈍）もヒン（貧）もうちわって、あとへのこるはカネノツル」

というて、ひょっと、金のツルを持ち上げやってんと。

はなし　中村サワ

三尺のワラジ《（草鞋）》

〔宇陀郡〕

むかし、しょとめ《（姑）》さんとよめ《（嫁）》さんの仲が悪い家があったんや。

よめさんがよなべ《（夜仕事）》してやったら、しょとめさんは、よめさんになんどいじわるすることないかなーと思て、火鉢のはしへすわって、煙草吸うて、じっと見てらったら、わがヒザボン《（膝頭）》の上に、煙草の灰がこぼれよって、クスクスクスくすぼっているのも知らんといらった。

そしたら、それを見てた女中衆《おなごし》が、

「あのバアさん、こんじょばかり悪いさかい、膝の上がくすぼったるのを見ても、いわんとーいたれ」

ちゅうて、わろて《（笑って）》見とったら、自分がよそっているご飯をお櫃の中へもらひんで、くどさん《（かまど）》のかたへばっかし、うつしていたということや。

それを男衆《おとこし》が、庭で草鞋《わらじ》をつくりながらみてて、

「あの女中衆は、いつもナカツゲ《（告げ口）》ばっかしするさかい、くどさんにめしもっとることいわんといたれ。そのうちにおこられよんの、おもろいわ……」

と思て、笑うて見てたら、そしたらな、草鞋の丈《た》けが、三尺ほどにもなって、チチ《（緒）》もないのをつくってやってんと。

はなし　中村サワ

鬼が笑うた

〔宇陀郡〕

むかし、鬼がヤクザ《（悪事）》をしたのでな、殿さんが鬼に、

「トシコシ《（年越）》の豆が生えたら、一国《いっこく》の殿さんにしてやるから、ヤクザはするな」

というたんや。それで鬼はなー、毎としトシコシの豆が生えるのをさがしあるいてよったらな。シシナゲ《（下水の溝）》のほとりに生えとったんで、鬼は、

「ヤレ、うれしや」

と思て、役人さんのとこへいうていこったんで、役人さんが見にきやったら、その間《ま》にだれかが抜いてしもたようで、もう生えてなかってんと。そいで鬼は、

「惜しい惜しい」

ていうて、泣こってん。すると、役人さんは、

「泣かんでもよい。来年のトシコシもあるやないか」

っていうたんでなあ、鬼は、

「来年のことをいう」

というて、笑うたということや。

はなし　中村サワ

貧乏神〔宇陀郡〕

むかし、ある人がなあ。貧乏《びんぼう》になって夜ぬけ（夜逃げ）しよったが、やっぱり引移った庭の隅でも、貧《びん》乏神《ぼうがみ》が蓑着《みのき》てゴソラゴソラしとった。

主人がなあ、

「貧乏神が嫌さに、ここまで逃げてきよったんのに、お前はなぜついてきたんでー」

ちゅうと、ほたら、貧乏神はなあ、

「朝寝《あさね》して、夜寝して、昼寝ゆたかにするならば、おれがおらずと、貧乏すること欠かまい」

と、いうたということや。

それでなあ、どこへも行かんでも、働いてさえいたら、貧乏神は出てしまいよるということや。

はなし　中村サワ

イワシの頭も信心から
〔宇陀郡〕

節分《せつぶん》には、家の門口《かどぐち》に、

「鬼が目を突くように」

というて、ヒイラギ（柊）の葉とイワシ（鰯）の頭を、

「イワシの頭も信心から」

いうて、挿しておく、これはなあ。

むかし、女子衆《おなごし》が神やほとけを信心して信心してなあ、そいで、家の人にも、オモワリ（面目）が好いんで、男子衆《おとこし》が腹立てて、

「あの女子衆は、信心してみんなに好《す》かれようと思て、そいで信心しとんね」

と、ねたんで、お昼《ひる》に食べたイワシの頭を、女子衆が信心しとるホカラさん（神さんの屋形）の中のお札と、こっそりと入れ換《か》えとこったが、それでも、心の真っすぐな女子衆が、いっしんに信心してやってんと。

そしたらなあ。この女子衆が、親方《おやかた》からますます気に入られて、よいところへ嫁にやっても

ろて、小っぱ（子供）もできて、しあわせにならったということや。

そいで、

「イワシの頭も信心から」

というようになったということや。

はなし　中村サワ

お亀ヶ池

〔宇陀郡〕

むかし、宇陀の太良路《たろじ》ちゅうとこのある百姓の家にな、おカメさんという美しい嫁さんがいやってん。

毎朝、顔をあらわ《（洗う）》んのは、ずっと上流の亀山《かめやま》の池から水を引いた井戸じゃった。そいで、不思議なことにな、毎朝かならず縁先に、びしょびしょにぬれた草履がかわかしてあってんと。

婿さんがそれを怪しみやってな、おカメさんにそのわけを聞かってん。ほたら、

「わたしは、毎ばん、亀山の池へ水浴《あ》びに行きますねん。」

そういうて、くらしてやるうちに、玉のような男の赤ちゃんを生みやってん。そいで、おカメさんは、

「わたしの役目はすみました。どうぞ、おいとまを下さい」

ちゅうて、池の中へ入っていかってんと。

婿さんは不思議でしょうなかってんけど、だまってやってんが、しかし、夜になったら赤ちゃんが、乳をほしがってひいひい泣かんので、泣く泣く赤ちゃんを背おうて亀池のほとりへ行きやってな、

「おカメ、おカメ」

ちゅうて呼ばったら、池の中から、美しい母親姿になって出てきて、赤ちゃんに乳を飲まさってんと。

そいで、赤ちゃんが泣き止んだんで、よろこんで家へ帰りやってんが、あくる日の夜も、そのあくる日の夜もそうして行ってやったら、とうとうしまいに、池から出てきやった母親は、こわい顔をして、

「きょうはまあ、お乳を飲ましますけんど、これからあとは、もういちどときてもらってはいけません。」

そういうたんで、婿さんも、

「うん、そうする。もう、こん《（来ない）》。」

そういうて家へ帰りやってんけど、またその夜になって、赤ちゃんが余りに乳をほしがるもんやさかい、約束をたがえて、またまた池のほとりにいきやってな、

「おカメ、おカメ、でてきてんかー。」

そう呼ばったら、池の水がにわかに波立ってな、大きな蛇が鱗《うろこ》をぎらぎらさせよって、水の中からあらわれてな、大きな口を開いて火を吹きながら追いかけてきよんので、びっくり仰天、一目散に山をかけおりやって、もう十数丁きたんでやれやれとうしろふり向きやったら、目の前に蛇が大口を開いて迫ってきよってんと。そいで今でも、そこを、

〝オオクチ〟

っていうねと。そいで、家へ帰るなり、どっと寝やったまま病気にならってんが。そいでとうとう、

「おカメ、おカメ」

ちゅうて、いいながら、あの世へいかってんと。

参考　『奈良県宇陀郡史料』

大歳《おおとし》の客

〔宇陀郡〕

むかし、ある村でいちばん貧乏な家があってな、正直もののみょうと《（夫婦）》は大みそかになって節《せっ》季《き》払いもできへんし、正月の回札もできそうにないよって、ユルリを囲んで思案とタメ息ばかりついて、ただ、薪をもやして夜明けを待っちゃるところへな、旅の坊さんがひょっこりあらわれやってん。

「ひと晩だけでよいから、とまらせていただきたい」

というて手を合わせやったんや。

そいで、みょうとは貧しいわが家のようすのことといってことわらってんやけどな、

「どうしてもどうしても」

と、おっしゃるんで、しょうことなしに泊まってもらうことになったのや。

旅の坊さんは、寒そうに鼻水《はなみず》すすってふるえながら、ユルリであたたまってやはるうちに、ばったりたおれて息がたえてしもてんと。

びっくりしたみょうとは、どっかへいけよう《（埋める）》としたんやが、大みそかのことやし、金《かね》が一文

もないんで、思い切ってな、燃えさかるユルリの火の中へ葬らってんと。ほたら、みてる間に、火だるまにならって、旅の坊さんを焼いた灰が、いっぺんに小判にかわったんやと。

そいで、除夜の鐘がなるまでにな、節季の払いもすませて、めでたい正月を迎えやってんと。

『御杖村風俗誌調査』より

女房の智恵

〔添上郡〕

むかし、あるところに、大工《だいく》の名人がおったんや。家を建てるのに、あやまって大黒柱《だいこくばしら》を五寸ばかり短く切ってしまやったが、継いだりしたら、名人の面目《めんぼく》にかかわるしな。

「こりゃ、腹を切らにゃならん」

いうて、家に帰ってなげきやってんと。

ほたら、女房がかたわらから、

「そんなら、柱の下にそれだけの石を置いたら、よろしおまんが」

と、口を添えやった。大工さんは、

「なるほど、そりゃエエ考えじゃ、イヤ、ものは相談、つねには何んにもならんお前じゃと思うとったが、間に合うときもあったナァ」

というて、そのいうた通り、柱の下に石を継ぎたしやった。これが柱の根石―礎石の始まりになってんと。

はなし　高田久子

ママ子花　〔添上郡〕

むかし、あるところに、ママ子とホンノ子とふたりある家があったんや。

オッカが外から帰りやったら、ふたりがゲビツ《（米びつ）》の蓋を開けて、中の米をたべてやったんで、オッカはママ子をうたぐってな、

「お前がようけに食べてんやろ」

いうて、口を無理やり開けささったら、たった二粒《ふたつぶ》しかほほばっていやらひんのに、ホンノ子は、口いっぱいほほばっとったんや。

そいで、この子らがママ子花になったんやが、花弁の下唇《したくちびる》の内に、米粒のような白い突起《とっき》が二つあるのと、五つも六つもあるのとある。二つの方がママ子で、多い方がホンノ子だというてる。

はなし　高田久子

サルの尻なぜ赤い

〔添上郡〕

むかし、ある冬の日、月ヶ瀬の伊勢講《いせこ》山が焼けたことがあったんや。そのとき、火事見物にきよったサルは、顔をつき出しよって火にあぶっとったが、あんまりあつうなったんで、向き直って、こんどはお尻《しり》をつき出して、あつうなるまであぶっとったんやと。

そいでサルの尻と顔は、いまでも赤うなっとんのやと。

はなし　高田久子

カラスの予告

〔添上郡〕

むかし、八卦の本があってんと。

えろうええ本でな、なんにしても、これしても、こわいほど合ってんが、そいで、

「こんなにようあうもん、こわいさかい、火にあげよ」

いうて、もやしてしまやってんと。そいだら、煙の中から、まっ黒いトリが二羽飛んでいこってん、それがいまのカラスやってん。

ほいでカラスは、あしたのことまでよう知っとって、死人があるときにゃ、人間に予告するというこっちゃ。

はなし　高田久子

カエルの目玉

〔添上郡〕

むかしのカエルは親不孝で、親から何か注意されると、いつもにらんどった。
そいで、だんだん、目ん玉がうしろにまわって、いまのようになってしもてんと。

はなし　高田久子

麦のフンドシ

〔添上郡〕

むかしの話やそうな。

麦はフンドシをしとる。むかし、弘法大師が、カラ《(唐)》の国から、はじめて、米と麦との苗を持ってかえらさったとき、麦苗をそこらに置くと、草と間違えられそうなんで、いろいろかんがえたすえ、フンドシの中へはさんで帰られたそうな。

そんで、今でも麦にはフンドシがついとるのやと。

はなし　高田久子

蛇と蛙

〔添上郡〕

むかしのはなしやそうな。

蛙《かえる》はたいへんなシャベラ（おしゃべり）で、ようく他人の世話をやいたんよ。そんなんで、ホタル、ミミズ、ナメクジなんどが、めいめい蛙さんとこへ食いものの相談にいったんや。

「蛙さん、蛙さん、わたし、なに食べたらよろしま……」

とひとりひとりが順にたずねたんや。

ホタルには、

「お前は、草の露《つゆ》ねぶっとけ。」

ナメクジには、

「おまえは、水のアカねぶっとけ。」

ミミズには、

「お前は土くて、土用《どよう》のうちに道のまん中で死んで、ありのえじきになれ……」

また何やらには何々と、蛙は教えてやったので、それらの虫は今でもその通り、おしえを守っていると。

最後に蛇が出てきて、同じように問うた。少々うるさくなった蛙さんは、

「お前は、わしの尻なっと、ねぶっとけ」

といってしまった。

そんなわけで、蛇は蛙の尻を見ると、飛びついて尻からくわえこんでしまう。

そこでだ。蛇にのまれかかっている蛙を見てもさあ、尻からくわえられとったら、助けてやるにはおよばん。もしもさあー、頭からのまれとったら、約束がちごうとるので、蛇をたしなめたってや。

はなし　高田久子

ばくち打ちのモズ

〔添上郡〕

むかしあるところ－で、モズとホトトギスがばくちを打ってよった。いくらやっても、モズは負けてばっかしなので、ホトトギスは気の毒に思って、

「四九《しく》と張れ」

と、助け舟を出したが、モズはきかないで、「八九《はく》」と張って、また負けてしまいよった。

モズはそれを残念がって、今でも、

「シク　シク」

と鳴きつづけているのやそうな。

はなし　高田久子

ほととぎす兄弟

〔添上郡〕

むかし、あるところーに、ホトトギスの兄弟がくらしとった。弟はたいそうたち《（性質）》が良かったが、兄は非常に根性《こんじょう》がよくなかったのやとー。

ある日、つれだって山へ登り、ヤマノイモを掘りにでかけよった。たんまり採《と》れたんで、兄は弟を先に帰らせ、炉《いろり》で煮《に》るようにいいつけたんや。

弟は、イモを炊きながら、

「もう、箸《はし》が立つかしら」

と思いながら、箸でつついてみると、よく煮えていよる。そこで、

「一つ食うてみりゃうまいし、二つ食うてみりゃうまいし」

というわけで、ワケマエだけは、

「いっそ、たべてしまえ」

と、なるべくツルクビのところばかりをよって食い、エエところばかり半分を、兄のために残しておきよったんや。

そこへ、兄が帰ってきよって、

「こんな、モミナイ《まずい》ところばかりでないやろう。お前はひとりでうまいところばかり食ったんとちがうか？」

と、弟を責めつけた。しゃくにさわった弟は、

「そんなら、オレの腹を立ち割ってみたらわかる」

と、いいよった。

「ナニッ」

たちの良くない兄は、ムシャクシャまぎれに弟を殺して、腹を割いてみよったら、中にはモミナイ屑《くず》イモばかりやった。

さすがの兄も、たいへんくやしがって、なんとか弟を生き返らせようと、死ぬ時にとび出していった弟の魂をさがしにでかけよったんやー。

けれども、とうとう弟の魂は見つからなかった。

そいで、兄のホトトギスは、今でも、

「オトトカワイヤ、ホウロンカケタカ」

と毎日毎日、八千八声、鳴きながら飛んでいるのやと—。
人がホトトギスの鳴きまねをしよると、何べんも、何べんも、八千八声、いい返さなんので、ホトトギスの鳴き真似はしたらあかんのや。

はなし　高田久子

ゆっくりツバクロ　〔添上郡〕

むかし、あるところのツバクロ《（つばめ）》が、ハタビヤ《（機部屋）》でゆっくりと機《はた》を織っとったんやと。

そこへなー、親がたいそうな病いで、

「もう、死による」

というてな、便りがきよったんや。

ところがツバクロは、ゆるりと紅《べに》カネつけて、エエ《（良い）》着物を着て、出かけよったんや。

あんまりゆっくりしてよった間に、親はとっくに死んで、葬《とむら》いもすんでしもうとったんやー。

そいでなー、ツバクロはいまも、口の中が赤く、クチバシが黒く、羽のツヤがいいけどなー、親不孝しよったむくいで、穀類《こくるい》はいっさい口にでけへん《（できない）》で、土と虫だけを食べながらなあー、いつでも、

「ツチクテ　ムシクテ　クチシブーイ」

と鳴いとん《（とる）》ねと。

はなし　高田久子

ワラビとゼンマイの腰

〔添上郡〕

むかしのはなしや。

ワラビとゼンマイは親不孝なものどもで、親の命日がやってきても、いっこうに精進《しょうじん》しないで、魚ばかり食べとったんやと。

そんなむくいで、今でも腰がかがんどる。若いやつほど、腰まがりがきつーい。

ワラビ、ゼンマイ、なんで腰かがんだ。

親の日、トトくて、そんで腰かがんだ。

と、子供たちがはやすのは、そのためやと。

はなし　高田久子

狐のお産

〔宇陀郡〕

古市場《ふるいちば》の北岡の豊吉はんは、名医《めいい》といわれる人やってんと。

ある晩にな、表の戸を、

「トントン」

とたたくもんがあってんと。

「こんなおそうにだれやろか。」

そういうて、自分で表戸を開けやるとな。

へたら、百姓姿のおっさんが、ほっかむりして、

「先生、こんなおそうに、ほんまにすんまへん。カカア《（妻）》が産気《さんけ》づいて、えろうしんどがっとるんで、ちょっと来てくれまへんやろか」

と、たのまんねと。そのようすが、あんまりかわい

そうなんで、

「よっしゃ、行ったろ。お前のとこ、どこや」

そうたずねやったら、百姓はんは、

「わしとこは、ややこしい道やよってん、あんないしまっさ。」

そういうて、医具の入った袋を肩にかついで、しっかり、馬の鼻づらとらっててんと。へたら、何にびっくりしよったんかしらんが、馬が、「ヒヒーン」と高こう鳴こって、前足をあげよったもんやさかい、先生が振り落されそうにならったとき、百姓のおっさんが、自分のたもとから、何やら出して、馬の口に入れてやったら、馬はしずかになりよってんと。

ほて、「パカパカ」と、足並みよく歩き出しよってんが。それから大っきい道や、小っさい道、石ころの上や草っぱらの上をどれほど来たんやろか。ふっと目をあげやはるとな、こまかーい、けぶるような小雨《こさめ》の中に、大っきい家が、あかあかと灯《ひ》をともして、そびえとってんと。枝ぶりのええ松の木に馬をつないで、家へ上るとな、座敷《ざしき》にゃ、掛軸《かけじく》も置物《おきもの》もピカピカと、御《ご》殿《てん》のように輝いとんねと。

「はて、こんな家が、このへんにあったんかいなー。」

そういうて、先生が首をひねりながら、奥の方へ入って行かったら、

「ウンウン」

と、うなる声が聞えてきてんと。部屋の中へ入ってみやったら、もう、赤ちゃんが半分ほど、母親の腹の中から出かかってんねが。

「ほれ、お湯だ」

「ほれ、綿だ」

と、先生が気早よう指図《さしず》しやったんで、家の中は大さわぎしてな。やっとのことで、無事にお産がすんでんと。そいで、家中のもんがよろこんでな。

「先生、まあー一杯《ぱい》……」

そういうて、盃《さかずき》に酒をついでくれたんで、さあ、のもうとしてやはったら、

「ウウン、ウウン」

と、もういっぺん母親が、うなり出しやってんと。先生もびっくりして診やると、赤ちゃんがまたお腹の中から出かかってんねと。

「こりゃ、双子《ふたご》だったか。」

そういうて、

「ほれ、お湯だ、綿だ」

と、もうひと騒動《そうどう》しやってんと。やっと終って、

「まあ、一杯！」

といやったら、またまたうなり出しよるね。

「こりゃ、三ツ子だったか」

と、またまたひと騒動。とうとう六人の子供が生れてんと。終ったときにゃ、先生も、家のもんも、へとへとで、体《からだ》じゅう、汗《あせ》びっしょりにならってんと。それから、一杯ごちそうにな

って、馬にゆられて古市場の家へ帰らったら、東の山からおひさまがあかあか照ったってんと。
あくる晩にな。また、
「トントン」
と、戸をたたくねと。やぜん《（昨夜）》みたいに、六ツ子のお産やったら、困るがなと、表戸をあけると
な、きんの《（昨日）》の晩の百姓のおっさんが、
「先生、えらい世話になって、すんまへんだなー。おかげで、カカアも子供も、元気だんね。
これ、お礼のしるしだすよって、とっといとくなはれ。」
そういうて、ふくさ《（服紗）》包みを畳の上におくなり、スーッと、消えてしもてんがー。先生が手に
取ってみやったら、どっさり、お金が入っとってんとー。
そのあくる日、先生とこの向い側の、庄三郎はんとこがな、家中、ひっくり返るような騒ぎ
やねー。なんでも、ぜに倉《ぐら》にしもたったお金が全部のうなっとんねと。それ、聞かはった先生
がな、きのうの晩、百姓はんからもろたお金を庄三郎はんに見せやったら、
「このお金なら、見おぼえがおます。みんなうちのだんねー。」
「なんでまた、先生とこに？」
そういやんので、おとといの晩のこと、いちぶしじゅう話をしやってん。へたら、庄三郎は
ん、
「ほんだら、こら、狐《きつね》の仕業《しわざ》だすなー。先生がつれて行かれはったんというのは、下芳野《ほうや》の
須谷《すだに》の墓だすでー」

と、いう話になってな。先生が、須谷の墓へ出かけてみやったら、やっぱり、あの晩、馬をつながあった枝ぶりのええ松の木があってんと。ほんで、どこからか、

「コンコン」

と、狐の鳴き声で、八回つづけて聞こえてきてんが。

そいからは、北岡のお医者さんとこ、ようはやったということや。

はなし　岩城千晴

吉野（南和）

竜宮からのみやげもの

〔吉野郡〕

むかし、道満《とうまん》ちゅう童子《どうじ》いやってん。

ある日、堺《さかい》の浜あるいちゃったら、子供たちが海亀《うみがめ》をいじめとんのに会わったんや。そいで道満はかわいそうに思やって、着てた赤い着物をぬいで子供たちにやって、海亀を助け、海へにがしてやらはってんと。

ほてからあとに、また、海辺をあるいてやったら、前に助けた亀が海から出てきよってな。背中に乗ってくれというようにしよんので、亀の背中に乗せてもらやって海の中へ入って行かったんや。

じつはこんの海亀さんは竜宮の乙姫《おとひめ》さんじゃった。ほてな、童子は乙姫さんにかわいがられてくらしち

やってんと。せやけど、いっぺん、家へ帰りとうなったんで、乙姫さんに、

「いっぺん、家へ帰りたはんね。」

そういやったら、乙姫さんは名残り惜しそうにしやってな。

「これ、みやげにして。」

そういうて、十二のフシ穴がある竹の根をくれやってん。それを耳にあてると、カラスの鳴声、キツネの鳴声など十二の鳥やけものの話が聞こえ、どんなことをいうとんのかわかる宝物やってん。

童子はそれをもらうと、きたときのように亀の背中に乗せてもらって海の底からあがってきやってんと。ある日、

「ガアガアガア」

ちゅうて、カラスが鳴きよるんで、竹の根を耳にあててみやったら、カラス同士が話をしとんね。

「近ごろ、都《みやこ》のお天子さんが病気にかからって、なかなか重いというじゃないか。ほて、病気のタネが分らひんねと。」

「いやいやそれは分っとる。大工が御殿を建てるとき、ヘビとカエルとナメクジを家の下へ、いっしょにいけ（埋める）たんだよ。それがたたってるんだ。」

この話を聞かった童子は、良いことを聞いたわいと思って、さっそく、京都へやってきやって、馬の沓《くつ》の破れたのに縄を付けて引っぱりながら、きたないみなりで、

〝道満童子のいうことにゃ〞

〝たちまち災難　去るべくは〞

〝知らなんもんは不びんなり〞

ちゅうて、唄ってあるかってん。そやけど、都の人はだれも相手にしやひんだんや。京都には叔父《おじ》さんの家があるんで、そこへも行かってんが、やっぱり相手にされなんだというこっちゃ。

門番が中へ入れてくれんもんやから、

「入《い》れろ」

「入《はい》るな」

ちゅうて、大っきな声でけんかしやるもんやから、お殿さんの叔父さんがのぞいてみやったら、きたない子供が、破れた馬の沓を引っぱって、

「乗せんの、入れんのというが、はいったら出しなにゃびっくりするぞ」

ちゅうてわめいておるよって、殿さんは、門番に、

「まあー、入れたれ」

ちゅうもんやから、門番はしょうことなしに門を開けて入れてやらったんやと。ほて、童子をよう見やったら、きたない身なりしとるけど、甥《おい》の道満やったんで、さっそく着物をきせかえて、今までの事情を聞かってん。ほたら、殿さんの叔父さんはびっくりしやってんとー。

「こりゃ、えらいこっちゃ。」

そういうて、さっそく、お天子さんにお眼にかかって、道満が竹の根で聞かったカラスの話

を申しあげ、御殿の下を掘ってみやったら、ヘビとカエルとナメクジがけんかをしとったんやと。そいで、三つのもんを取り除かはったら、みるみるうちにお天子さんの病いが治って、道満童子にたーんとごほうびを下さったということや。

はなし　堀はな

つり鐘とママ母

〔吉野郡〕

黒渕《くろぶち》と城戸《じょうど》の間に普賢《ふげん》さんがいやはる。

むかしあるところに、悪いママ母がよってな、ママ子殺したろ思て、普賢さんへつれてまいらった。ほて、普賢さんの下の茶店で、茶に毒入れて飲まそうとしやったら、ママ子は、

「おっ母あ、普賢さんにお詣りしてから、お茶飲みまひょう。」

そういうて、腰もかけずに石段のぼらってんと。ほいで、ママ母はしょうことなしに、ついてきやってんと。ほて、鐘楼の下まできやったら、どこからか、

「ピュッー」

と、きつい風が吹いてきよって、ママ母の黒ーい長い髪が、鐘に巻きついてしもてんと。

「ぎゃーぎゃー。」

ママ母が泣かんので、ママ子もびっくりしやって、寺の老僧にたのんでおがんでもらはったら、普賢さんが出てきやはってな、

「お前は、信心ぶかーい子供を殺そうとしてるんで、その罰《ばち》じゃ」

ちゅうたお告げがあってんと。そいでママ母は、

「もう決して悪いことはしません。」

そういやったんで、つり鐘から髪をといてもらやってんと。

はなし　堀　はな

ママ子とハッタイ粉

〔吉野郡〕

むかし、あるところにママ母がやってんが、いっつもママ子をいじめちゃってんと。

あるとき、ハッタイ《（麦こがし）》粉を食わすんのに、ママ子には、

「あっちの谷へ行って食い」

ちゅうといて、わが子にゃ、

「家で食い。」

そういやってんと。

ママ子はいいやった通りに、谷へ行って食べやったら、見晴しがようて、大そううまかってんと。

わが子の方は、家の中で食ほうとしやったら、風があたりかまわず吹きまくって、ハッタイ粉を、部屋いちめんに撒き散らしてしもたんやと。

はなし　堀　はな

ママ子にお頭《かしら》付き

〔吉野郡〕

むかし、あるところうにママ母がおって、わが子とママ子と区別しておったんや。魚を買うと、わが子には胴を食わし、ママ子には、頭《かしら》ばっかし食わしとった。あるとき、ほん子は母親に、兄さんを気の毒に思うて、

「ぼんちは、いつも胴ばかり、兄《にい》やんは頭ばかりでかわいそうや」

といいよったんや、ほたら、ママ子は、

「いやいや、わしはこの家のあととりや、オカシラというて、これを食うとると、出世するのや。」

そういやっててん。そいでママ母はそれから、ママ子には胴ばっかし食わしよったということや。

はなし　堀　はな

運定め——虻《あぶ》にちょんの

〔吉野郡〕

むかし、あるとしの四月のことじゃった。吉野山のお遍路《へんろ》さんが立石《たていし》へ越える途中、桜峠《さくらとうげ》までくると、日がとっぷり暮れてしもうたんで、しょうことなしに、お地蔵堂のかたわらで野宿《のじゅく》をしてらった。

うとうとした丑満（午前二時ごろ）どき、くつわの音がして、馬に乗ってくる人があってん。今ごろだれやろと、息をひそめちゃったら、その馬乗りの人は、地蔵堂の前まできらって、馬の上から、

「お前、きょうはいかんのか」

と聞かったら、堂の中から、

「オレは今晩、客があるんで行かれん。お前、代りに行ってきてくれ」

って答えやってんと。

そのお遍路さんは、近くに自分ひとりしかいやひんのに、お客がきているとは、いったい誰れのことやろ、不思議に思うて考えてやるうちに、またうとうとしてやると、明け六つ（午前六時）ごろになって、またくつわの音がしてきた。へたら、お堂の中から声がして、

「どうだった」

と聞かったら、馬の上から、

「まあ、取り上げてきたけど、かわいそうなもんや、来年の八月にゃ虻《あぶ》にチョンノや。」

そういやってんと。

草むらの中で聞いてやったお遍路さんは、さっぱり何のことかわからひんのやったが、諸国をまわって、あくるとしの八月、暑いころ、汗をふきふき吉野山へ戻ってきやったら、ちょうど、となりの大工さんの家では、子供が死んで葬式を出さるとこやった。ふた親が、

「わあわあ」

いうて悲しんじゃるんで、

「どねん、なりましてんや。」

そういうて聞かったら、昨年の四月、奥さんが難産《なんざん》のすえ、男の子を生まってん。とってもかわいらしい子供じゃったが、このあいだ家の中であそんでやるとき、顔に虻がたかりよったんで、叩《たた》こうとしやったひょうしに、横に置いたった大工道具のチョンノの上に倒れやってな、その傷がもとで死なった、ということや。

この話を聞かったお遍路さんは、膝をたたいて、

「そや、去年四月、桜峠の地蔵さんとこで聞いた〝虻にチョンノ〟の意味がとけた。」

そういうて、あっちこっちへいうて回りやったんで、桜峠の地蔵さんは、子供の守り神やいうて、みんな詣るようになったということや。

はなし　吉川藤兵衛

お染と久松

〔吉野郡〕

むかし、大阪の町屋《まちや》にな、お染《そめ》ちゅう美しい娘はんがいやった。そこに、久松《ひさまつ》ちゅうでっちがおったんやと。久松の親ごは、ぶさいくな男やったが、息子は男前やった。

ほて、久松はその町屋の店の水汲みでな、毎あさ、娘さんのお染が手水《ちょうず》を使う水を汲んで持っていきやったが、ある日の朝、お染はんは手水を使わんで、

「木曾《きそう》で小池《こいけ》の鴨」

ちゅうて、美ごとな声でうたわったんやが、久松はなんのことやら、さっぱり分らひんので、となりの家へ行かって話さあると、となりの家のもの知り旦那が、

「そりゃ、お前にお染ちゃんがほれとるんや。歌は惚れ歌やから、あしたあさお前はこういうたらええー。」

そういうて、下の文句を教えやったんや。

あくる朝、久松がまた水を汲んでゆくと、お染がきのうのようにうたったんで、久松はすかさず、

「行きとうても行かれん　波たこて」

と返し歌しよった。ほたら、お染はんは、何んにもいわんと、自分の帯解いて、久松を障子の中へ引入れたということや。

はなし　堀　はな

粟《あわ》しとっとん

〔吉野郡〕

これも、大阪かどっかの大きな町の大店《おおたな》の話だんね。

ひとり娘できりょうよし（美人）に、ムコをもらおうとしやってんが、なかなか見定めがつかあひんので困ってやってんと。そいで、判じもんをさせて、うまく解くもん（人）がでてきやったら、そのもんをムコにしようということになってんと。そいで、店の前のえんげ（縁側）に、粟四斗と算盤《そろばん》を置いときやってんと。

そこへ、ある店のでっちが、子供をおいねて（背おって）やってきやってん。ほてな、

「アワワ　シットントン、アワワ　シットントン」

って、子守りをしてやってんが、それを聞かはった旦那はんは、ハタと膝打って、

「あれは、えらい子や、粟四斗を算盤に入れた」

ちゅうて、そのでっちを養子にもらやってんが。ほてイト（娘）のムコになってしあわせにくらさったということや。

はなし　堀　はな

ヨモクとゴモク 〔吉野郡〕

むかし、ある村に兄弟《きょうだい》がやって、にいさんをヨモク、おとうとさんをゴモクというてやってん。

兄弟とも大阪へ奉公に行きやってんが、ご主人が、いつもうまいもんを食うてやんのを見てな、ヨモクは、

「あんなええごっつおう《（御馳走）》、いっぺん、村に住んどるおとうとおっかあに食わせたいなあ」

と思っちゃってん。

あるとき、夜さり寝てから、その話をゴモクにしてやってんが、ほたらゴモクは、

「あにきはそんなに気のちいーさいこと思っとんのか。おれはここのイトさん《（お嬢さん）》を嫁にしたる」

といいやってんが。ちょうどそのとき、ご主人がまわってきやってな、ヨモクとゴモクのひそひそばなしを小耳《こみみ》にはさまってんと。そいで、あくる日、ひるめしを食うたとき、ご主人さんがヨモクとゴモクにな、

「お前たち、どんな望みもってんねや。」

そういうて聞かってん。ほたらヨモクは正直にな、

「うまいごっつおう、おとうとおっかあに食わせたいでんね。」

そういおってんけど、ゴモクは、

「イトを嫁さんにしたい」

と、ようぃおらひんだんで、ご主人は、

「お前、なぜ、だまってんね。」

そういうて責めやあったんで、ゴモクは細いちいちゃな声で、顔を赤うして、

「イトのそば、寝さしておくんなあれ」

と、いおってん。そいで、ご主人は、

「あしたの朝、イトに歌よませるさかい、お前も歌つくれ、ほて、二人の歌が合うたら、イトのムコにしたる。」

そういやってんと。

あくる朝になってん。イトはきれいに花のようにかざらってな、御簾《みす》をあげて奥から出てきやあってんと。へてな、

〝天より高き　さくばなを
　ゴモクぐらいに落とさりょか〟

って歌をよまってんと。すると、ゴモクは、

〝天より高く　咲く花も

落ちりゃゴモクの下になる〟
そういうて答えやってん。さて、イトとゴモクとの問答、まことに理に合うているんで、ご主人はゴモクをイトのムコさんにしやったということや。

はなし　堀はな

食わず女房

〔吉野郡〕

むかしの話やと。

ある村にえろう《（大変）》けちんぼな男がおってんと。

「メシを食わんで、よう働く嫁はん、おらんもんやろか」

と、いつもいうとったら、ある晩、けちんぼな男の家の入り口を、

「トントン」

と、たたくもんがあったんや。

そいで、男は、

「こんな、夜に、だれやろ！」

そういうて、戸を開けやったら、鬼がきれいな女の人に化けて立っとったんや。

そいで、その女の人は、

「わしをよめはんにしてくれへんか。ぜったい何も食べんで、ようく働くから」

といいよんので、

「そんなんやったら、嫁はんにしたる。」

そういうて、家の中へ入れやっててんと。

次の朝から、女は男よりはよ起きて、仕事をしはじめ、夜はおそうまで働きよったんやが、何も食べんとやっとってんと。何日かそうしとってんが、男は、

「何んも食わんちゅうても、ほんまに何も食わひんねやろか」

と、けったいに思って、

「いっぺん、どねんしとんのか、みたろ。」

そういうて、ある日の朝、嫁はんに、

「奥の山へ行ってくる。」

そういうて、家出よってんけど、嫁はんに見つからんように、そっと帰ってきやって、障子の穴からのぞきやったら、嫁はんは、大きなたらいにメシをいっぱい入れて、どえらい杓子で、頭の上の口へはこんで、

「ムシャムシャ」

と、食うとったんや。びっくりしよった男は、

「何も食わんちゅうので、嫁はんにしたんやが、こんな女ではあかん。いなしてしまおう。」

そういうて、山行きからもどった形にしやってん。ほいで、

「もう、お前のような女は、嫁はんじゃないわ、帰ってんか。」

そういやったら、嫁はんは、

「出てゆくかわりに、おっきなたご（桶）かしてんか。」

そういやったんで、男はしょうことなしにたごを借りてきやったら、鬼の姿にもどりよった女は、男を大っきなたごに投げこんで、それを背おって深い山の方へ登って行こってんと。

ほてから、女はずんずん登って行こったみちすがら、

「ドッドッドゥ」

って、音たてて大雨が降ってきよって、たごの中へ水がたまりよってん。水の上の方へうかびやった男は、大きな谷渡りの藤《ふじ》に手をかけやって、それに飛び付いてにげやってんとう。

女はたまった雨水の重みで、男がにげ出しやったこと知らんと、

「きょうは、久しぶりに大猟だわい。」

そういうて山奥の岩屋へ帰りよったら、たごの中はからっぽやってんと。鬼は、

「しもた。どっかへ逃がしてしもた。」

そういうて、くやしがりよってんと。こんどは大つもごりの晩に、くもに化けて、ジザア（自在鉤）を伝っておりるちゅうて、いいよったもんやさかい、男は箒《ほうき》を何本もしばって置いといて、いろりの中に火をどんどんいこして（おこして）待っとったら、そこへくもがシューッと降りてきよったんで、でっかい箒でいきなり火の中へたたきおとしやってんとー。

そいでな、谷渡り藤は人助けするから切ったらあかん。ほて、大つもごりの晩にゃ、箒をくくるんねと。

はなし　橋之爪澄江

ハエとノミ　〔吉野郡〕

むかし、あるとき、ハエとノミがけんかをしよった。

ハエがノミの眼に、足を突っこみよったんで、ノミの片眼がつぶれてしもうた。けんかはノミが勝ちよったんやが。

そんで、ノミはガンチ《（片眼）》になってしもて、ピョッと飛びよると、くるっとまわって四方を見てから、また飛ぶようになりよってんと。

へてから、ハエは、

「この世のあらん限り、助けてくだはれ。」

そういうてノミにたのんみよったんでな、今でも、おがんだかっこしとんねと。

はなし　堀　はな

モノいう宝もの 〔吉野郡〕

ずっとむかしの話や。

ひとりの山伏《やまぶし》はんが、とまるとこのうて困ってやった。そいで村の衆に聞かったら、

「あの、庄屋はんとこで聞いてみなはれ。」

そういうて教えてくれたんで、山伏さんは庄屋はんとこへ聞きに行かってんと。

ほたら、庄屋はんは、

「あの向うの方に、むかし長者はんじゃった空《あ》き家があるんやが、ずっと前にも、旅の六部《ろくぶ》がとまったけどな。なぜか知らんけど、にげて帰ってしもた。山伏はん、あの家にようとまったら、家あげまっさ」

って、庄屋はんがいやってんと。そいで、山伏はんは、のそりのそり空き家へ行かって、上にあがりこんで、

「ありがたい、ありがたい。」

そういうて、くさいか《(匂い)》だするよぎ《(夜具)》の中へもぐりこまってんと。ほてな、

「こんな、ええうち、どないして、みんなつかわひんねや、化けもんでも出よるんやろか。」

そういいながら、うとうとしてやったら、夢《ゆめ》の中で、妙な声するんで、眼さまさってんと。

ほて、眼とじてじっと聞いてやったら、

「つばさんつばさん、さびしいな」

って、泣きそうな声でいおんね。ほたら、こんどは、奥の方から、

「こいさんこいさん、さびしいな」

と、泣きそうな声やってん。ほたらまた、

「おうごんさんおうごんさん、さみしいな」

って聞えてきてんと。

そいでな、さすがの山伏はんも、ちょっとこわ《(恐しい)》なってんけど、この山伏はん気いのおっきい人やったさかい、よぎから顔出しやって、きょろきょろあたりをみいすまさってんけど、だれもいやらひんので、

「おかしいな。」

そういうて、もういちどよぎの中へもぐりこまってんと。ほたらな、また、ひそひそと、

「こいさんこいさん、さびしいな」

「つばさんつばさん、さびしいな」

「おうごんさんおうごんさん、さびしいな」

と、どこからか聞えてくんねと。そいで、山伏はんは、よぎの中で、じっと聞えてくる方向をたしかめてから、しらんかおして眠り入りやってんが。

あくる朝になって、山伏はんは、金剛杖を突いて、のっしのっしと、声の聞えた方へ見に行っかったら、こいさんの声は、屋敷の奥の庭の池の方からやったそうや。つばさんは、表の椿の木の方やったし、おうごんさんは、屋敷の中の広い畑の中からやったそうな。山伏はんは、腕くんで考えやってな、

「そや、そうや」

いうて、ひとりうなずきながら庄屋はんの家へ行かってん。ほて、庄屋はんに、

「あの、むかしの長者はんの家、わしにおくんなあれ。」

そういやったら、庄屋はんはびっくりしやってんと。ほて、

「おかしな山伏はんやな、みんな、よう辛抱《しんぼう》せんとにげ出しよったのに、あの家、ほしいのならやる《（あげる）》やる。」

そういうわけで、山伏はんはただ《（無料）》で、どえらいむかしの長者屋敷をもらやってんが。村の衆らは、山伏はんに、

「お前、あの家、ただでもろたんやってな。お化け出るちゅうやないか。こおうおまへんか。」

そういうて山伏はんに聞かったら、

「わしは、あの家、気に入ったんや。お化けは出よった。こいさんこいさん、つばさんつばさん、おうごんさんおうごんさんいうて、さびしゅう泣くような声やったわ。せやけど、こいさんも、つばさんも、おうごんさんも、あの家のヌシやってん、いままでさびしかってんやろ。」

そういうて、大っきな声で心経《しんぎょう》となえながら、長者はんの古屋敷に住みつきやってんと。ほたら、その晩から、こいさんも、つばさんも、おうごんさんも、何んにもいわずに泣くような声が消えてしもてんとー。

山伏はんは、おうごんさんの声が、どこから聞えてきてんやろとう、さがしやってんけどわからひんでんと。

やあっと（長い間）たってから横の畑に、ごんぼ（午蒡）植えようと、畑を深う掘ってやったら、ほたら、底から大っきな壺がでてきよったんで、開けてみやったら、なんと、

「ピカッピカッ、ピカッ」

っと光った小判《こばん》やったんや。むかし、長者はんが埋めとかったもんやってんがー。さては、あのおうごんさんちゅうたさびしい声は、黄金《おうごん》さんやってんと思いつかってんとー。ほてからな、この山伏さんは、小判で村一番の金持にならったということや。

はなし　柿坂ナミ

売り声の失敗・チャックリカキフー　〔吉野郡〕

むかし、オトン《（父）》がちょっと智恵《ちえ》の足《た》らん息子《むすこ》を行商に出さったんや。ほいで、チャッ《（茶）》とクリ《（栗）》と柿と麩《ふ》を持たせてな。

行商に出よったアホダラ息子は、

「どないいおうかな、いっぺ《（一ぺん）》にみないおうかな、めんめん《（銘々）》にいおうかな」

思うてよってんが、ここはひとつ、別々にいうたれー思うて、

「チャッはチャッで別々、クリはクリで別々、カキはカキで別々、麩は麩で別々」

いうて、売ってあるこってんが、だれも買うてくれんかったがなー。

どうも具合《ぐあい》が悪いが、そんじゃいっこらさに《（いっぺんに）》いうてしもたれと、つぎの日から、

「チャックリカキフー」

って、いっきにいうて回りやってんがー。ほいたら、みんな、そんな珍しいものがあるんなら買おうかちゅうて、買うてくれたんやと。

はなし　中上むめの

だれナラよ　〔吉野郡〕

むかし、庄屋《しょうや》さんの倉《くら》に、どろぼうが入りよってしやーないのでな。倉番は、オナラ《（屁）》ようこく、オバア雇《やと》って寝《ね》かしとかってんと。

ほいで、夜んになってな、どろぼうが入ろうと思て、倉の前へ行きよると、

「だれならよー《（だれかよう）》、だれならよー」

って、オナラが鳴ったんで、びっくりして、かぎ穴からのぞいてみよったんやと。

ほたら、オバアがひとり寝とるだけや。

ほんで、

「口でいうとんのとちがうようやし、おかしいなー」

というて、倉の中へ入ってみよったら、オバアが、

「だれならよー、だれならよー」

ってオナラこいとるんや。そいで、そばにあった干し大根を、オバアのおいど《(おしり)》の穴へつっこんで、栓《せん》をしよったんやと。

ほてから、どろぼうは、金《かね》をニー《(荷)》にしよって、さあ、倉から出よかいなと思うとったら、オバアのおナラがたまって、いっぺんに、

「だれならよー」

って、大きゅうに鳴ったんで、どろぼうは、ニー《(荷づくり)》した金を放ってらかして、逃げてしまいよってんと。

そいで、オバアは庄屋さんから、ようけえなほうびをもらやったというこっちゃ。

はなし　中上むめの

サルカニ合戦

〔吉野郡〕

むかし、おサル《（猿）》が五条の川原で、カキ《（柿）》の種《たね》をひろおってんが、通りかかったカニ《（蟹）》さんが持っとったニギリコ《（にぎりめし）》ととりかえしよった。カニはサルからニギリコととりかえてもらったカキの種をな、裏の畑に蒔いてなー、

「早よ芽出よ、早よ芽出よ」

って毎日毎日、水をやってな、いっしょうけんめいにしよったんで、芽が出てんと。芽が出ると、こんどは、

「早よ大きなれ、早よ大きなれ」

ちゅうて世話したんでな、だんだん大ぎいなった。大きいなると、

「カキなれなれ、ならねば鋏《はさみ》でちょん切るー」

いうて育てやったら、ある日のこと、たくさんのカキの実がなったとい。

下を這《ほ》うてるだけのカニさんは、成ったカキをとりに上ろうとしよるが、上がりかけては落ち、上がりかけては落ちして、少しも上がれないんで、

「どねんしたもんやろー」

ちゅうて、上を向いてじっと考えとったら、サルが出てきよってな、

「カニさん、わたしがとってあげる」

ちゅうて、カキの木に上がって、うまいのを自分でみんな食べてしまいよった。下からカニさんが、

「よううんだ（熟した）やつを、投げてんか」

ちゅうたら、青くてしぶうて固いやつを、カニめがけて、

「ポーン」

と投げよったもんやさかい、カニさんの甲羅にあたって、つぶれて死んでしもた。

子ガニがよってきてみな泣《な》こってんと。ほいで、どうやって仇《かたき》とろうかというてると、ハチ（蜂）さんとトチ（栃）さんとウス（臼）さんがやってきやってな、いろいろ仇討ちの相談をしやったんやとい。

「ウスさんは屋根の棟におってくれ」

「トチさんはユルリ（いろり）の中におってくれ」

「ハチさんはミズフネ（台所の用水）のヒシャコ（柄杓）の柄《え》に止まっとってくれ」

ちゅうて、みんな手くばりしといてな、サルをよんできて、ユルリの火をどんどんたかってなー、

「さあ、おサルさん、火にあたんなあれ」

ちゅうて、あたらせちゃると、トチが、

「ポーン」

と灰を立てながらはぜよってな、サルが火傷《やけど》をしよってんと。

「あっちちいー」

というて、水をぶっかけようと、台所《だいどころ》のミズブネのところへ行っこったら、ヒシャコの柄に、ハチが待ちかまえておってんと、ほいで、おサルの手にな、

「チクリ」

ちゅうて刺しよってん。びっくりしよったサルめが、雨垂れのところへ、飛び出しよったらな、ウスが棟の上から、

「ドッシャーン」

ちゅうて落っこちてきて、サルめを上から押えてしまいよってんとい。

はなし　中上はつ

フクロの紺屋

〔吉野郡〕

むかし、フクロウは染物屋しとったんや。いろいろな鳥がやってきよってな、赤や、青や、ねずみ色《いろ》や、黄色など、きれいな色に、染めてもらいよった。カラスがそれをうらやましがってな、いちばん美しい色に、どないしても染めてくれちゅうて、がんばりよってな、ほいでフクロに、

「フクロさん、わたしの身体を、何かほかの鳥とまるで違った色に染めてくれへんか」

ちゅうて、注文つけよったんで、フクロは、さんざん、首をひねったあげく、いっそ、カラスをまっ黒に染めてやれと、黒い壺につけよってな。カラスに、

「さあ、カラスさん、これでほかに類のない色の鳥になりましたやろー」

っていうたんやと。

カラスは、どんな美しい色に染ったやろと、たのしみにしよって、鏡《かがみ》の前に立ちよったら、なんと、頭から尾の先まで、まっ黒で目も鼻もわかんないようになってるんで、まっ黒けになっておこりよってんと。そいで、フクロは今でも、カラスのしかえしをこわがって、昼はすっ

こんで夜しかよう出よらんのやとい。

はなし　中上さと

スズメを呑んだ爺　〔吉野郡〕

オジイが畑打ちしよったら、スズメが、

「チュンチュン」

いうて、出てきて畑の上を荒らしよんので、オジイはニクバラシー《（にくらしい）》思って、そのスズメ呑みこんでしもたんやと。

ほたら、スズメがな、オジイのへそから、脚《あし》をふみ出しよってん。そいで、その脚を引かったら、

「チンチンチン、チンカラプイプイ、黄金《きん》の盃《さかずき》や、チーンチーン」

ちゅうて鳴こってんと。

はなし　中上むめの

三輪素麺《みわそうめん》の由来

〔吉野郡〕

むかしのことや。

三輪の神さんがなんとか姫に魅入《みい》りしやってなー。毎夜、どこからか、姫のところへ通《かよ》うてきやーるんやけどな、姫は、その人の名前も、行き帰りの道も知らんで、オッカン〔母〕に、

「どねんしたらいいんでしゃろ」

ちゅうて相談しやったら、オッカンは、

「ほたら、糸を針に刺して、袖に縫いつけときなーれ」

ちゅうて教えられたんで、その通りしときやったらな、糸はな、三輪の明神さんの鍵穴に引きこまれとったやと。

そいで、明神さんはナガモン〔蛇〕だったんやが、

「正体《しょうたい》見られたからにゃ」

とおっしゃってな、

「もう、姫んとこへは行かれん」

ちゅうて、姫が一生、身を楽にしてくらせるようにと、素麺のつくり方を教えてやらはってんと。
姫はそのおかげで、一生安楽にくらせたということっちゃ。ほんでな、三輪素麺には、竜と姫の絵が描かれてんのやって。

はなし　中上さと

子供衆《こどもし》が見たらカエルになれ

〔吉野郡〕

むかし、オバアに孫の子供衆《こどもし》がおった。そのオバア、えろうぼた餅が好きじゃったんで、となりからぼた餅もろたら、子供衆に取られると思てな、戸棚《とだな》へなおす（しまう）とき、餅に、

「子供衆が見たらカエルになれよ」

というといたんやと。

オバアが寺へでかけよった留守に、子供衆が、そっと戸棚を開けて、皿の中のぼた餅たべようとしよったら、ぼた餅がカエルになりよってな、

「カッカカッカッ」

って鳴きよったんで、よう食わなんだ。

ほいで寺から帰らさったオバアが、餅を食おう思て、

「餅になれ！」

ちゅうたら、カエルが餅になったんやと。

はなし　中上はつ

長柄《ながら》の人柱《ひとばしら》

〔吉野郡〕

むかし、あるひとが嫁さんもらはったが、どないしても口を利《き》からひんねんと、ほんで、

「なんで、口きかんのか」

ちゅうて、みんなで聞きやったら、

「キジ（雉子）も鳴かずば射《う》たれはすまい。父は長柄《ながら》の人柱《ひとばしら》」

と、いわってんと。ほんで、もひとつくわしく聞かったら、嫁は、

「むかし、長柄の池の堤《つつみ》が切れたとき、いくら堤をつくり直さっても崩れてどもならなんだ。ある人が、池の水神さんに人柱ちゅうもんをささげたらいいんじゃといい出してな、キリモン（着物）にヨコ継ぎを当てとるもんを人柱にしたら、きっと堤は切れまいというて、そんならと、キリモンにヨコツギあてとるもんさがさったら、なんと、それいい出したある人――父に当ってしもうた。つまり、わが身が人柱に立つようになってしまったんで、なんでもだまっていた方がよいちゅう父の教えを守っていますのや」

といいうたんやとい。

はなし　中上さと

叩《たた》かぬ太鼓《たいこ》・鳴《な》る太鼓

〔吉野郡〕

丹生《にう》川に沿うた宗川野《むねかわの》の、殿の平《とのだいら》っていうところは、殿さんがいたんで、こういう名があるんやと。

そこの殿さん、まっことわがままでな、いっつも、百姓どもにいろいろ難儀を仰せつけてな、みんなの衆を困らせたんやと。

あるときな、百姓衆をあつめて、

「タタかんのに〝鳴る太鼓〟作ってこい」

っていわはってん。

百姓衆は、えろう困らってんが、ひとり智恵もんがいらってな、トックリ蜂（どんぐり）を太鼓の中へ入れて、殿さんとこへさし出さってんと。

喜《よろこ》ばはった殿さんは、

「鳴ってみぃー」

っていわはったら、蜂が太鼓の中で、わんわん騒いだんでな、太鼓をたたかんでも、

「わーんわーん」

てな、鳴ったんやが、感心しやはった殿さんは、太鼓の中を、裂《さ》いてみやったら、中から出てきよったドングリ蜂が、

「わーん」

といってな、殿さんの顔へ、

「チクチクチク」

と、刺しよったんや。

そいで、殿さんはえろう怒ってな、こんどは、百姓衆に、

「人間を立ったなり、皮を剥《む》いてこい」

っていいつけはってんと。

そいで、百姓衆は、こねんえげつない《（ひどい）》殿さん、生かしておいたら、どねんなめーにあうかわからんいうてな、みんなよって打ち殺してしまやってんと。

けどなー、そのたたりを恐れやって祭らったのが〝薬師さん〟ということや。

はなし　堀　とじ

化けくらべ　〔吉野郡〕

むかし、大和《やまと》の源九郎《げんくろう》ギツネと、紀州の投げ頭巾《ずきん》ギツネちゅうふるーいキツネがおったんやと。ほいで、

「お前とわしとが、どちらが、人間をだますのんじょうず（上手）かへた（下手）かをな、いっぺんためしてみようではないか」

ていうてな。

「五条《ごじょう》の野原《のはら》の川原で芝居しようら。そのとき、正体《しょうたい》あらわして、お客に見つけられたら、そのもんは打首にする」

ちゅうとりきめをしよった。

そんなとりきめで、七日七晩《なぬかななばん》、芝居しよったんやが、とうとう一番しまいの晩に、紀州のキツネが、殿さんになって芝居しよった。

舞台が開いた。桟敷《さじき》から客が、

「オーぁでた、オーぁでた」

って、大きな声でどなりよったスキに、源九郎ギツネは、武士に化けて、殿さんに化けてよる紀州の投げ頭巾ギツネを、

「エイッ」

って斬ってしまいよってんと。

そいで、投げ頭巾の奥さんは、

「これで、わしは一生、後家《ごけ》でくらさんならん」

ちゅうて嘆かってんと。

むかしは、大名のことを王さんというたそうな。王と尾とをかけていうたもんや。

はなし　中上さと

この尻《しり》で千尻《せんしり》（水の神の文使い）〔吉野郡〕

むかし、高野山《こうやさん》の壇上《だんじょう》の池のヌシと、竜神の小又川《こまた》のヌシとは、たがいに書面で連絡しあってやってんと。

高野の池のヌシは、竜神街道を通って竜神へ向かう旅びとに、よく書面をことずけてやってんけど、旅びとは書面を竜神のヌシに届けると、きまったように命をとられやったんやとい。

そいで、あるとき、ある旅びとがやはり、池のヌシから書面をことずからはってんが、どうも気になってしょうがないのでな、途中のある尾で、こっそり書面開けてみやったら、

「この尻《しり》で千尻《せんしり》」

って書いてあったんで、気味わるーなってしもて、その書面を捨ててしまやった。

ほんで、それからこの尾をシリタカ尾っていうようになったんやとい。

そんの旅びとは、書面を途中で捨てやったんで、無事に竜神の宿へつかってんと。

はなし　中上はつ

カニの報恩（蛇聟入）　〔吉野郡〕

むかし、あるところで、おっ母が娘っ子の、小便させとったら、クチナ（蛇）がおったんで、

「そこ、よけな。この子が大きゅうなったら、お前の嫁さにやるから、よけたってよな」

ちゅうたら、それまでがんばっとったクチナが、すっとどこかへ行ってしもたんやと。

やがてな、娘っ子が十七歳にならったときにな、あのクチナが美しい男になりよって、

「約束どおり、娘をもらおう」

ちゅうて、やってきよったんや。


ずんとむかしのざれごとなんぞ、すっかり忘れとった親は、それを聞いてびっくりしやってな、娘をきつうしまった蔵にかくしてやらったら、若い男がなー、でっかいクチナになって、蔵を十重《とえ》二十重《はたえ》に巻こってんと。

ほいだら、娘っ子がずうっと前に、クチナに殺されかかっているところを助けとかったカニが、どこからか、ウヨウヨ出てきよってなー、クチナに食ってかかりよってんがー。カニはたーんと死によったが、大きなクチナもぐんなりと死んでおったんやと。

はなし　中上はっ

三枚のおふだ（札）

〔吉野郡〕

むかし、あるところのお寺に和尚《おしょう》と小坊主《こぼうず》がおってんと。

ある日、小坊主が山へクリ拾いに行っこって、どんどん奥むいて拾いもて行きよったらな、山の中にオババがおって、

「わしゃ、お前のおか（母）のおと（父）の兄弟や」

ちゅうて、ほてから、

「こんど、わしのうちへこい、ほいだら、どっさり、クリめし炊いてくわしたろ」

というたんやと。

小坊主は寺へ帰りよって、和尚に、

「きょう、山ん中でわしのお母の、お父の兄弟ちゅ

うババがおってな、ほんで〈こんどきたら、クリめし炊いてくわしたろ〉っていうたんで、また、行ってくる」

っていうたんや。びっくりしよった和尚が、

「そりゃきっと、やまんば《（山姥）》うか鬼ババさかいに、いたらあかん」

ちゅうて、引き止めやったんやが、小坊主はクリめし食いたいいんで、

「和尚さん、わしゃクリめし食いたいいんで、どないしても《（どうしても）》行く」

ちゅうんで、和尚は、本堂の奥から、

《急々如律令》

って、何やらじゅ文めいた文言《ぶんごん》を書いたおふだを三枚持ってきやって、

「これ、持って行け。身い守ってくれるさかい」

ちゅうて、渡してくれたんやと。

ほんで、小坊主は三枚のおふだを持ってな、山奥のババのとこへ行って、クリめし食っとったら、くらいすぎて、ねぶとうなってきよって、ねてしまやってん。

ほんで、夜《よ》なかになってな、小便《しょんべん》しとうなったさかい、目ーあかったらな、雨が降りよったんで、寝ながら雨垂《あまだ》れの音、聞いとったら、

「お前、早よ、逃げな、ババに食われる。お前早よ逃げな、ババに食われる」

ちゅうて、聞こえるんで、逃げよと思って起きよったら、ババが、

「どこへ、行くんじゃ」

というたんで、ほんで、

「小便じゃ、小便じゃ」

ちゅうて、雪隠《せっちん》へ入ったが、逃げられんようにとな、腰を縄でくくられ、臼にゆわい《（結び）》つけられよったんや。

　小坊主は、雪隠に入って腰の縄をほどき、柱にくくりつけて、和尚にもろたおふだを一枚柱にはって、こっそり逃げ出しよったんや。ほいたら、ババが、

「小坊主、まだか」

ちゅうたら、お札が、

「まだやー」

って返事をしよったんやと。山ンババは、

「こりゃ、ちっと長すぎる」

ちゅうて、雪隠をのぞいてみよったら、小坊主は逃げておらんだ。ババは、

「くそ！　逃げたな」

ちゅうて、あと追いかけよった。小坊主は、いっしょうけんめい逃げよったが、ババが追いついてきよったんで、おふだを放って、

「川になれ」

ちゅうたら、大川ができたんやが、ババは川を渡って追いつきよったんでな、

「砂山《すなやま》になれ」

ちゅうて、三枚目のおふだを放りやったら、でえらい砂山ができたんやと。山ンバアがすべりもて、砂の山のぼっとる間に、小坊主が寺についてな、納戸《なんど》へかくしてもらいよってん。そこへ、山ンバがやってきよって、和尚に、

「小坊主が、帰ったやろ」

ちゅうんで、和尚は、

「ま、入って餅でも食え、ほんでから、化けあいしようら」

ちゅうたら、山ンバは、慾ばりでな、大入道《おおにゅうどう》に化けよったんや。和尚は、

「そんなに大きゅうはなれても、ちっこく《（小さく）》はなれんやろ」

ちゅうたら、コロリと、小さな小豆《あずき》になりよったんやと。そいで、和尚は、焼いとった餅につつんで、食《く》てしまやってんと。

はなし　中上はつ

金を屁《ひ》るネコ

〔吉野郡〕

むかし、あるところに姉《あね》っ子と妹《いもと》がおってんと。

姉っ子はべっぴん《（別嬪）》やったんでな、長者《ちょうじゃ》の嫁にもらわれたんやが、妹はへちゃ《（醜い女）》で、びんぼな炭焼《すみやき》さんとこへ嫁に行っきやったんやと。

そいで、妹は正月が近こうなっても、金はいっこ《（少し）》ものうて、餅も搗けへんのでな、山で松の枝切って、門松《かどまつ》にーと姉っ子の家へ売りに行かったんやが、姉っ子はめんどうくさいちゅうて、買うてくれへん。

そいで、妹は仕方のう泣きもて、松の枝を川のはたの渕へ負うて行き、

「渕の竜神さん、この門松、あげまよー」

ちゅうて、

「ドブン」

と放りこまってん。ほいだら、渕の中から、竜神さんの使いのカメさんが、かわいいネコさん抱いて、のそのそ出てきやってな、

「わて、竜神さんの使いでんね。これ、門松の礼だす」

ちゅうて、水の底へ帰りやってんと。

ほんで、妹はそのネコもろうて帰って、家で飼ってらったら、ネコが金のくそ（糞）をしよるようなってな、炭焼はいっぺんに長者にならってんと。

その話きこった姉っ子は、妹がいやがってんのに、むりやり、

「ネコはわてが借りる」

ちゅうて、つれていんでしもた。

ほんで、めしようけくわしたらあかんちゅうてるのに、よけくわしたら、よけに金のくそしよる思て、どんどんくわしよったんで、ネコ死んでしもた。

妹は、なんぼ待っても、姉やんがネコ返してくれんので、姉やんの家へ行かったところ、

「ネコは死んだ」

ちゅうんで、泣きもて帰り、裏の山へいけ（埋める）よったんやと。ほいだら、墓のところから木が生えてきよってな。やがて、その木に金の実《み》がなってんと。

ほんでな、

《人はあんまり慾ばるもんじゃないで》

はなし　中上はつ

ババア汁

〔吉野郡〕

オバアが餅搗《もちつ》きよったら、山からタヌキがきよってんと。ほいで、

「オバアおれも搗いたろ」

ちゅうて搗きかけよってんと。ほてな、はじめはいっしょに搗いてよってんけど、しまいにオバアを突きよって、杵でたたいて、オバアを餅の中へ搗きこんでしまいよってんが。

ほいで、オバアに化けてな、ソバ汁をこしらえよってんとー。

そこへオジイが山からもどってきやったんで、ソバ汁を食わせよってんと。ほいで、

「オジイ、んまいやろ」

ちゅうたら、オジイは、

「んーんまい」

っていわってんと。

ほいだら、タヌキが、

「そりゃ、オバア汁やぜ」

っていいながら、にげて行きよってんと。

はなし　中上はつ

草刈った（臭かった）

〔吉野郡〕

むかしむかし、あるところーに、オジイとオバアがおってな、オジイは柴《しば》しいに、オバアは川へ洗濯《せんだく》に行かったら、上からでっかいオイモさんが流れてきよったんでな。

オバアはそれをひろうて帰り、オジイにやらずにな、ひとりでこっそり食べやったら、屁《へ》が出てなー、

「ボンボン、ボンボンボン」

って、音を立てよったんや。オジイは山でその音を聞かって、柴刈らずに草刈った（臭かった）んやと。

はなし　中上はつ

賢《かしこ》い嫁の歌

〔吉野郡〕

むかし、ええ家のおばはん（姑）が、えろうきつうて、嫁さんにウタヨミをしやった。

「仕事ようする、朝早よ起きる。ホシカ（干しいも）のばば（大便）する嫁ほしい」

とよまったら、嫁の方はもうひとつ賢うて、

「仕事ちょっこら（少し）しようら、おいしいもの食べよら、よさり（夜）ゃ早よ寝て朝寝しようら」

と、すばよう詠《よ》み返しやったんで、さすがのおばはんも、嫁さんによう反対せんだと。

はなし　中上むめの

ヨメノナミダ（ママコノキ）〔吉野郡〕

むかし、姑《しゅうとめ》がきつうて、嫁さんがひとりで山へ行って、泣いてらったら、涙が葉っぱの表に落ちてな、のち実になってんと。

そいで、ヨメノナミダっていうんやが、むかしはな、そのやわらかい葉を摘んで、ゆがいて干してため《（貯蔵）》といてな、オカズにして食べやってんと。

ほてから、コンキュウ《（饑饉）》のときには、こればっかし食べとったということじゃ。

もうひとつ、十津川ではな、この花をママコナとよんでる。これは、ママ母が豆を煎ってらったとき、子どもがうるさくせがむんで、じゃけんにもな、アツアツの煎り豆を子どもの手のひらにのせやったら、ちいちゃな手のひらが真赤にはれて、いっぱい火ぶくれができてんと。

そいでな、ママコナっていう名前がついたということや。

〈注・ヨメノナミダはハナイカダ（花筏）のこと。ミズキ科の落葉潅木。高さ二〜三メートル。葉は楕円形。初夏、葉の上面の中央に淡緑色の小花をつけ、のち球形の果実を結ぶ。若葉は食用になる。ママコノキともいう。〉

はなし　中上さと

ヨキを忘れた木こり

〔吉野郡〕

むかし、ある山で木こりが、ヤマドリを見つけ、おわえた（追いかける）ところ、持っていたヨキ（斧）を置き忘れ、そのうえ、逃げ脚の早い鳥だったんで、とうとう捕りにがしてしまやってんと。

そいで、みんな、この木こりをあざわらってヨキドリって呼んでやったのが、いつの間にやら、ヤマドリのことをヨキドリと呼ぶようになってんと。

はなし　中上はつ

モズの銭勘定《ぜにかんじょう》

〔吉野郡〕

むかし、あるところで、モズとシギとハタハタとウズラが寄り合って、銭勘定《ぜにかんじょう》をしよったんや。ところがなー。モズが銭をよう勘定せんくせに横着《おうちゃく》にも、

「ハタハタ八文、シギ七文、ウズラ三文、モズ一文」

と、いおったんで、そばで聞いとったホトトギスが、えろう怒って、

「ホンチョウ〈本帳〉モッテコイ、ホンチョウモッテコイ」

というて算盤《そろばん》で、モズの頭をどやしつけよったんや。そいで、モズの頭は今でも赤うなって血ばしっとるんや。

そいでな、今でも勘定ようしないで、もたついてたら、あいつは、「モズ」やなーといわれるんや。

はなし　中上はつ

親不孝なアカショウビン

〔吉野郡〕

むかしある山の中に、水ヒョロヒョロちゅう鳥がおったんやと。この鳥は、いつも頭《あたま》にカンザシをさしたり、紅《べに》つけたり、火のような化粧《けしょう》ばっかししとったんで、アカショウビンともいってな、川迫《かわせ》の奥の方へ行かな見られんかった。

そいで、アカショウビンは、親がわずらっても、ちいとも世話せんかった。親が、

「水くんできてくれへんか」

って、娘のアカショウビンにたのんだんや。

ほいでな、アカショウビンは谷川へ水をくみに行ったんやけど、水面《みずも》にな、自分のきれいなすがたがうつっとるんで、みほれてな、長いこと川ばたにおったんや。そいでやっと、

「そやそや、水くんで早よ、帰ろ」

ちゅうて、いそいで親のとこへ帰ってきやってんけどな、その時には、親はとうに死んじゃってんと。ほんで、せっかく汲んできた水は間に合わんかってん。

そいでな、今でも、アカショウビンは、親不孝の罰としてな、水辺を飛んでは、

「ミズヤロウ、ミズヤロウ」
といって、悲しそうに鳴っこんねと。

はなし　中上はつ

255　親不孝なアカショウビン

仏さんとネブカとダイコの芝居見物《しばいけんぶつ》

〔吉野郡〕

むかしむかしのこっちゃが、仏《ほとけ》さんとネブカ《（葱）》とダイコ《（大根）》と三人で、芝居《しばい》見物に行こってんと。

そいで、ネブカが、

「ネブタイ、ネブタイ」

っていおったんで、ダイコが、

「抱《だ》いたろか」

といおってんと。へたら《（そしたら）》、仏さんが、

「ほっとけ、ほっとけ」

っていわはってんと。

はなし　中上さと

竹切り爺

〔吉野郡〕

むかし、あるところで、オジイがよその藪《やぶ》の竹を切っとったら、殿さんがやってきやってな。

「オレの藪の竹を切りよるのは、誰じゃ」

っていいはったら、竹切っとったオジイが、

「わしじゃ」

というた。殿さんは、

「わしじゃとて何《な》んな。ひとの藪で竹切っとって」

というて、たいそう怒らってんと。ほいだら、オジイが思わず屁をひらったんで、もうひとつ怒らった殿さんは、オジイの尻を刀で切らってんと。

家で待っちゃったオバアが、

「オジャーおそいな」

いうて、屋根のうえで見てらったら、赤い腰巻《こしまき》したオジャーがもどってきよるんで、

「オジャー、なんで赤い腰巻い、しとるんやー」

というてたら、赤い腰巻じゃなくって、尻切られて、赤うなっとんたんで、オバアはびっくりしやってな、屋根から、「ドスン」というて、落ちやったひょうしに、どこやら凹んだところつかってんと。

はなし　中上はつ

金の橋・銀の橋

〔吉野郡〕

むかし、あるところに、ふたりの大金持《かねもち》（金満家）がいやってんが、ふたりとも奥さんがおらんでな、いい嫁御寮《よめごりょう》をさがしてやってんと。

召《め》しつかいや、いろんな人にたのんで、ようやっとひとりの娘さんをさがしあてやってんが、おんなじ娘さんやってんと。

ほんでひとりの金持は、

「わしのところへ嫁にきてくれたら、お前の家から、わしの家まで〝金《きん》の橋《はし》〟を掛けたる」

ちゅうてさそやってんと。そいだら、もうひとりの金持も、負けずに、

「わしの家へきてくれたら、お前の家からわしの

家まで〝銀の橋〟掛けたる」

ちゅうて、ふたりが競争で、金の橋と銀の橋を娘さんの家まで掛けやったんやが、ちょうど、娘さんの家の上で両方の橋が継がれてんと。そいで、どちらへも嫁入りしやらひんかってんが。

ところがな。どちらの金持か知らんが、橋の継ぎ合せのところに立ちやって、娘さんにな、

「わしが病気で死にかけたとき、この薬をもろうて呑んだら生き返ったんや。そいでこれくらい元気になったんや」

ちゅうてやったら、どこからか、

「プー」

ちゅうて、大風が吹いてきよってな。その生き返り薬が飛ばされてんが。

そいで、その薬が飛んで飛んで落ちたところに生えた木をヨモギ（蓬）というんや。なぜって、ヨモギっていうのは黄泉《よみ》（死んだ人が行くところ）の木だったからさ。ほんでな、ヨモギは万病に効くんやと。

お天道《てんとう》さんの金の綱《つな》

〔吉野郡〕

むかし、深《ふ》かーい山の中に一けん屋があってな、そこに、おっ母《かあ》と三人の子どもが住んどったんやと。ある日、おっ母は、使いに出る時、

「おかちゃんは、ちょっとつかいにいってくる。ひょっとしたら、山んばがきよるかも知れへんから、おかちゃんが帰ってくるまでは、だれがきよっても、戸を開けたらあかんで」

ちゅうて、出ていかってん。

そいで、子どもらは、一日じゅう戸をしめて、家の中で遊んどったが、日がくれても、おかちゃんは帰ってきやひんので、心配して待っとったら、

「こんばんは、旅《たび》のもんやけど、ひと晩とめてんか」

ちゅうて、外からたのみよったが、子供らはおかちゃんのいうたとおり戸を開けやらひんだんや。

旅のもんちゅうのは、山んばが化けとったんやが、ほたら、こんどは、おかちゃんに化けてやってきよった。そいで、

「さあ、みんな、おかちゃんが帰ってきたよって、戸開けてんか」

ちゅうたんで、待ちかねとった子どもらは、

「やれ、母ちゃん帰ってった」

ちゅうて、戸開けたんや。そいで子供らは喜んでねてしもたんやと。

そいだら、ま夜なかにバリバリって音がすんので、うえのふたりの子どもが眼をさましやって、

「おかちゃん、何食っとんのや」

って聞こったら、

「こんこ《（つけ物）》、食うとんのや」

っていうんでな、ふたりも食いとうなって、たなもと《（台所）》へ行ってみたら、まないたに血がついとったんで、こりゃおかしいと思って、おとのこ《（末子）》さがしたが、おらん。きっと、山んばに食われてしもたにちがいない。かあちゃんやと思うとったが、やっぱり山んばやったんや。

「ぐずぐずしとったら、わいらも食われるぞ」

ちゅうて、あわてて家から逃げ出し、井戸のそばにあった柿の木に登りよったんや。

そいだら、山んばが追いかけてきよって、柿の木に登ってきよった。

そやさかい、ふたりはもう夢中で、天の神さんに、手を合わせてな。

「助けてください、助けてください」

っておがんどったら、天から一条のくさりが下《お》りてきたんや。そいで、ふたりは、そいつにつ

かまって、天にあがってしもたんやと。そいで、山んばはふたりを追って、柿の木のてっぺん《（一番うえ）》まで登ってきよったんやが、柿の木ちゅうもんは、折れやすい木やで、身の重い山んばが登ったんでな、折れよったんや。そいで山んばは、どっと下へ落ちて死んでしまおってんと。
そいだら、山んばが落ちたところは、ソバ畑やったんでな、植えとったソバの軸《じく》が血で赤うなったんや。そんでな、今でも、ソバの軸は赤い色しとるんやて。

はなし　中上うめの

難題聟《むこ》　〔吉野郡〕

むかし、あるところへ、きれいな娘の巡礼がきよった。ところがな、ある若い男が、その娘を見染めやってな、

「あんたは、どこの国の方でっか」

ちゅうて聞かってんが。

ところが、娘さんはそれに答えんで、

「恋しくば　たずねてごんせ　十八《とは》の国

　夏吹く風の　ごんしょどころ」

っていう歌をよまってな、歌をのこしてふるさとへ帰らってんと。

若い男は、なんぼ考えてもわからひんのでなー、あるえらーい学者はんとこへ行って聞かったら、しばらく考えてやった学者はん、

「十八《とは》の国とは、娘十八《じゅうはち》でな、若い国のことじゃで若狭《わかさ》の国のこと。夏吹く風は団扇《うちわ》のことじゃから、その巡礼は扇屋の娘や」

と教えてもらやってん。
若い男はよろこんでたずねて行かって、やがて、その娘さんと結ばれてんと。

はなし　中上さと

て

おやじの文《ふみ》（話千両）〔吉野郡〕

むかしむかし、京の大津にオバやんがおったんやが、ある用事ができて、そこへ息子を使いにやろうと思った親が、えろう心配しよって、処世訓をしるした文《ふみ》（書物）を息子に持たせ、使いに出さはってんと。

　息子がどんどん行きよると、ちいさいころからの友だちがやってきよって、

「よう！　どこへ行くんや」

ちゅうんで、息子は、

「使いで、京へ行くねー」

といいよると、友だちは、

「歩いとったらかなわん。船で行く方が早いから

船でゆこう」

というてさそおった。

そこで息子は、こんな時にあの文（書物）読まんなあかんと思って、開けてみよったら、

「急がば廻《まわ》れ」

ちゅうて書いてあったんで、息子は船に乗らんで歩いて行きよった。ところが、あとで聞きよった話なんやが、船で行こった友だちは、しけにあって船もろとも沈《しず》んでしもたということやが。

そいで、どんどん行きよったら、にわかに空がかきくもって、ぽつりぽつり夕立《ゆうだち》が降ってきよったので、ちょっとばかり、

「すいません」

ちゅうて、道端の家の軒に入って雨やどりさせてもろうとったが、なかなかしぶとい雨でやみそうにもない。あんまり長う降るんで、だんだん心配になってきよった。

「エーイ、いっそのこと、濡れても飛び出したろか」

と、思てもみたが、こんなときにと、親からもろた文を見よったところ、

「急がずは　濡《ぬ》れざらましよ　旅《たび》びとよ
後《あと》より晴れる　野路《のじ》の村雨《むらさめ》」

という歌が書いとったんで、もういちど腰を落ちつけて休んどったら、やがて雨があがったとな。

そんで、やがて京の大津のオバやんの家へついて、餅を搗いてもらい、息子はどっさりと食べたあとにな、みやげに包んでもろて帰りよったんや。

夜もとっぷりくれたころ、わが家へ帰ってみよると、自分の嫁が誰かと寝とるやないの。頭へかっときた息子は、飛びこんだろと思ったが、待て待てと思いとどまり、書物を開いてみたら、

「念には念を入れよ」

と、書いとったので、ようく月明りでたしかめたら、なんと、嫁と寝とったのは、おっ母あだったとよ。

あくる朝、みやげにもろてきよった飴入りの餅を食べよう思って、開けてみたら、プーンとかざして《（匂って）》くさっとったとがなー。そこで、書物をひろげてみたら、

「うまいものは、宵のうちに食え」

と書いてあったとな。

はなし　中上さと

旅は学問─朱椀朱石 〔吉野郡〕

　むかしむかし、あるところにひとり息子がいやってん。ある日、おっ母《か》あが、

「可愛いい息子にゃ旅をさせ」

やちゅうて、遠いところへ旅に出さってん。息子が家を出るとき、おっ母あは、

「道中《どうちゅう》のことを洩れなく書いてきぃー」

ちゅうて、一冊の帳面を息子に持たしやったんやと。

　旅立った息子は、やがて坂にさしかかったんで、ちょうどそばにおった人に、

「この坂はなんちゅう《（という）》坂でっか《（すか）》」

と、聞かってん。ほいだら、

「この坂は上《あが》る坂やから、上ラク《（上京）》の坂や」

と、教えてくれやった。そいで、息子はおっ母あからもらった帳面に、

「坂……上る坂やから上ラクの坂」

って書かってん。どんどん坂をのぼっていかると、こんどは下りの坂になったんや。そいでま

たそばの人に聞かったら、こんどは、

「下《くだ》るから下《げ》ラクの坂っていうんや」

と、教えてもろたんで、その通り、帳面に書付け、また、どんどん行かったら、こんど道端に大きい石があってんと。そいで、

「この石は、何ちゅう石だっか」

と、畑打ちしちょるおばあに聞かったら、

「この石は敦盛石《あつもりいし》て、いうんだべ」

と教えてくれたんで、その通り書かった。

そいでまた、どんどん行きよると、こんどは道端に血のような赤い石があったんで、

「赤い石だんな、なんていいまんねん」

ちゅうて聞きよったら、杉《すぎ》の小枝《こえだ》を伐っとったおじいが、木の上から、

「この石はな、赤いよって朱石《しゅせき》ちゅういうのや」

ちゅうて教えてくれたんで、その通り帳面に書付けて、血のような赤い石は朱石っていうのやなと、思いもて行きよったら、日や暮れてきたんで、

「ああ、しんど」

ちゅうて、宿屋《やどや》へとまりやってんと。

さあ、そいで、脚を洗って、へやへ入って行かったら、いままで見たこともない、へや中いっぱいに赤いもんが敷いとったんで、膳を運んできた女中に、

「こんの赤いもんは何や」

ちゅうて聞かったら、

「この赤いもんは、毛《もう》せんだっさ」

と教えてくれやった。そいで、膳の上に、赤いお椀がのっとったんで、これも聞いたら、

「このお椀、赤いから朱椀《しゅわん》だっさ」

ちゅうんで、毛せんも朱椀も帳面に書付けておかったんやと。

ほいで、あくる朝、ゆんべの赤い椀が出ると思っとったら、朝めしの膳に、うおの頭《かしら》がついとったんで聞きよると、

「そりゃ、ゆんべの残りや」

ちゅうで、これも書いて、頭のことはゆんべののこりっていうんやなと思いもて、どんどん行きよったら、こんどは、真赤《まっか》いげな鳥居《とりげ》があったんで、これはと聞きよると、

「お稲荷《いなり》さんの鳥居だっさ」

と教えてもろたんで、そう書付けて、また行きよったら、大ぜいの人々が、何やら囲んでガヤガヤいうてるんで、なにかいなと思ってのぞいてみよったら、牛がねころがっとるんで、

「この牛、どねんしたんや」

っていうたら、囲りの人は、口々に、

「この牛や、死んどる。牛も死んだら、阿弥陀さんとこへ行くんやろから、阿弥陀牛《あみだうし》やな」

と、いうんで、これも書付けて、また、どんどん行きよったら、お寺の門の前に大ぜいの人が

集ったあるので、見とったら、何やらお札をもらってやはるんで、

「この寺、何ちゅう寺だっか」

って坊さんに聞きよったんで、坊さんは、

「この寺は、ホウジョウ院っていうのや。」

そいで、坊さんを見よると、えらい、赤い衣《ころも》も着とるんで、それも聞いたら、

「この衣は赤い色しとるんで、緋《ひ》の衣ちゅうのや」

っていうたんや。

まあ、そういうふうに、聞いたことを、みーんな帳面に書付けもて旅をつづけよったが、秋になってな、カキの実が赤うなっとるころ、おっ母あが待っとる家へ帰ってきやってんとー。

そいで、

「おっ母あ、おれや、元気で、しっかり修業してきたで」

ちゅうて、お母あに、いっぱい書付けてきた帳面を見せたんや。ほいたら、おっ母は、どえろうよろこんで、

「さあ、息子が、よう修業して帰ってきたんや。ウチの裏山になったる赤いカキの実、とってきたるー」

ちゅうて、カキの木に登らったんや。あんまり、元気よかったんで、枝が折れて、どっと下へ落ちやってんがー。そいで、運が悪いことにゃ、石に頭を打ちつけやったんで、赤い血出して、うんうんうなぁちゃってんとう。

びっくりしよった息子は、

「さあ、えらいこっちゃ、医者《いしゃ》よばんなん。そやそや、こないな時のために修業してきたんや。書面《(手紙)》書《か》こう」

ちゅうて、

〝お母あは、カキの木に上《じょう》ラクいたし、下《げ》ラクの節、ゆんべの残り、敦盛石《あつもりいし》にこちあてて、朱椀、朱石、毛せん、緋衣、稲荷の鳥居《とりげ》パッパッと吹きいだし、阿弥陀《あみだ》牛に参らせ候。薬一《くすりいっ》服《ぷく》ホウジョウ院〟と書面へしたため、それ持って、医者んとこへ走って行って見せやってん。

　そいで、お医者はんは、何べんも読み直しやってんけど、さっぱり書いたる意味がわからんが、まあ、薬一服と書いたるよって、とにかく薬を持ってと、息子といっしょに、カキの下へかけつけやってんが、そんの時は、とうにお母あはつめとうなって、死んじゃってんと。

はなし　中上はつ

舌切りスズメ　〔吉野郡〕

むかしむかし、おじいとおばあがおって、いちわ《（一羽）》のスズメをかわいがって、飼《こ》うとったんやと。

ある日のことや、おじいとおばあが、山へ行っとる間に、となりのおばあのせんたく糊《のり》をスズメが食うてしもたんや。そいだら、となりのおばあが、

「お前、にくばらしい《（にくい）》。わしの糊食うてしもて」

ちゅうて《（といって）》、えろうおこって、スズメの舌を切ってしもたんやとい。

ほんで、スズメや《（は）》、泣きもて奥山へ行ってしもたんやと。

おじいとおばあが、山からもどって、

「スズメおらんが、どねんしたんやな、スズメこいよ、スズメこいよ」

ちゅうて、なんぼ呼んでもスズメはけえへん。

ほいたら、となりのおばあが、

「お前とこのスズメ、わしのとこの糊、みんな食うたさかい、舌切ってやった」

ちゅう。ほんで、おじいは、

「そんなら、スズメは奥山へいんだ《（帰った）》んやろ」

と、思うたんや。そやけど、舌切られたスズメは、どないしてんのやろと気になって、しゃーない。ほんで、

「舌切リスズメのお宿《やど》はどこよ」

ちゅうて、おじいは、奥山へたずねて行ったんやとい。

　ほいたら、

「チュンチュンここよ。舌切りスズメのお宿はここよ」

ちゅうて、鳴きもて《（ながら）》、スズメがようけ集まっとるとこへついたんやと。

　ほいて、スズメに、

「おじい、よう来てくれた」

ちゅうて、いっぱいごちそうしてもろたんやと。ほんで、

「わしゃ、もういっぱいよばれた。おばあがしんばいして待っとるよって、もういぬ《（帰る）》よ」

ちゅうたら、スズメや、

「ほんなら、おばあのみやげに、つづら《（葛籠）》かついでいんでくれ。ここにあるのん、どれでも好きなもん、持っていんでくれ」

ちゅうんやと。ほんで、おじいは、

「わしゃ、年よりのこっちゃさかえ《（ことなので）》、一番軽いのんもろうていぬわ」

ちゅうて、一番、軽いつづらをかついでいんで、

「おばあ、スズメに会うてきたよ。ごちそうよばれて、おばあのみやげもろうてきたよ」

ちゅうて、つづら開けてみたら、宝物《たからもの》がいっぱい入っとったんやと。

さあ、それを聞いたとなりのおばあが、

「そんなら、わしも行ってもろうてくらあ」

ちゅうて、

「舌切りスズメのお宿はどこよー」

って、大声で呼びもて、奥山へ行ったんやと。ほんで、やっぱりスズメのお宿について、ごちそうよばれたんやと。ほんで、

「わしゃ、もういぬよって、みやげくれ」

ちゅうたら、スズメや、

「ほんなら、ここにあるの、どんなんでもかついでいんでくれ」

ちゅう。ほんで、となりのおばあは、一番重《おも》たいつづらを、

「ほんなら、これもろていぬわい」

ちゅうて、かついでいんだんやと。

ほいて、つづら開けてみたら、クチナワとか、カエルとか、ああいうガラクタもんがいっぱい入っとったんで、となりのおばあは、

「くそたれめ」

ちゅうて、おこったんやと。
ほんでに、あんまりよくばるもんじゃないんじゃよ。

はなし　中上はつ

煎《い》り豆と鬼《おに》

〔吉野郡〕

ずっとずっとむかしのことじゃがな。

ある村のお宮に、鬼《おに》がおってな。おおとし（節分）がくるたんびに、村のひとに、人身御供《ひとみごくう》をさし出せいうんじゃと。

ある家で、二度もさし出せといわれて、えらく（大変）よわっとった（困っていた）んじゃと。ほいたらな、ひとりの男がな、

「わしが身代りになってやろうかい」

いうんでな、その男を、輿《こし》に乗せて、お宮の庭へ運んだんじゃと。男はな、輿の中でひとりで待っとったんじゃと。

ほいたらな、やがて鬼が出てきよって、男をくおうとするんじゃと。そいで男はな、

「わしは、お前には命《いのち》はやらん」

いうて、鬼と問答《もんどう》したんじゃと。そやけど、鬼にはかなわんで、ほんで、

「これからおおとしに撒《ま》く豆が生《は》えたら、わしの命をお前にやるわい」

いうて、鬼と約束したんじゃと。

　ほんで、それからというものは、おおとしには、煎《い》った豆を、

「福は内《うち》、鬼は外《そと》、福は内、鬼は外」

といいもて《（いいながら）》まいて、鬼が家の中へ入ってこんようにするんじゃと。

　煎った豆は、生えてはこんのじゃ、鬼は男にうまうまとだまされてしもうたんじゃ。

　ほんで、鬼は人間を食えんようになってしもうたんで、クモ《（蜘蛛）》に姿を変えて、煙出しから家ん中へ入って、自在鉤《じざいかぎ》を伝うておりてくるんじゃと。ほんで、おおとしには、自在鉤にもヤキサシ《（柊に焼きいわし）》を挿しておくんじゃということじゃ。

はなし　大谷熊吉

お辰っはんの墓

〔吉野郡〕

〈立里《たてり》の荒神さんから立里の村へ通じる道を一キロばかり進むと、道の西側、北面がやや開けたところに、お辰の墓というのがある。〉

むかし、お辰ちゅう美人がおったんや。高野山の若僧で妙庵《みょうあん》ちゅうのが、見染めてな、毎ばんお辰はんとこへ通ようてきやってん。いくら戸じまりをしやってもな、防ぎようものうて、何の音も立てずに入ってきやったんや。そいで、お辰はんは、母親に相談したんやと。ほたら、母親は、

「ひょっとしたら、坊主じゃのうて、ばけもんかわからん」

というて、

「今晩は針に糸をつけて、妙庵さんの襟《えり》にさしておけ」

と、いわったんで、そうしやってんが。ほたらそれっきり、男はきよらひんようになってんと。

そいで、ゆっくり部屋の中みやったら、糸は障子のすき間から外に出てな、それつけて行かったら、荒神さんの東側のタイ谷の渕で大きなくちなわが、傷ついてうなってよってんと。そ

いで、若い僧っていうのは、蛇の精ちゅうことがわかってん。

そねんしてやったら、お辰はんの腹がだんだんふくれてしもうて、身ごもりやってんが。ほてな、とうとうガイルコ《おたまじゃくし》を盥に三杯も生んで、死なってんと。

参考『随筆山村記』

ガタロの恩返し

〔吉野郡〕

ずっとずっとむかしの話でな。

ある村に助ヤンという人がおってな。生《なま》あたたかーい風が吹きよるある晩、せっちん《（便所）》に入ってやったら、落《おと》しの下からニュウと、猿のようなけだものの手が出てきよってな。そいで、つめたーい手で、お尻をなでるように、しよったんで、助ヤンは、

「エイッー」

というて、持っていた山刀で、つめたい手を切りおとしたんや。すると、

「ヒイッー」

と、悲しい声をあげて、けだものめは逃げて行きよってんとー。

助ヤンは、さっそく切りおとした手を持って家へ帰りやってん。

そいで、ちょっとたったころ、年ごろの娘さんが、袖で片手をかくしながら、はずかしそうにやってきやってなー。

「あのー。わたしはこの裏の川っぷちに住んでるもんやの。つい、わるーいいたずらをしちゃってすみません。もう、これからはしないわ。そいで、切りおとしたのはわたしのものなの、どうか返してー」

と、泣きながらたのまったんや。

そいで、助ヤンは、何もいわんで、切り取った片手を娘さんに返してやらってんとー。

そいから、いく日かたったある日、娘さんは、もういちどやってきやったんや。ところが、切りおとした片手がちゃんと、もとのままになってるんで助ヤンは、

「どやって、つないだんや」

と聞かってん。すると娘さんは、

「わたし切り傷にめっそうききめのある妙薬を知っとるんや。そいで、お礼にそのくすりのつくり方を教えてあげる」

というて、くわしく教えて帰りやってんと。

そいで、娘と思っていやったのは、じつはガタロが化《ば》けとったんやがな。娘さんが教えよったきずぐすりは、いまも「蒲生《がま》の錦草《にしきぐさ》・祐玄湯《すけくろとう》」っていうて、伝えられてんねと。

『大塔村史』民俗篇より

洞川《どろがわ》のめくら蛇

〔吉野郡〕

むかし、吉野の洞川にひとりの山男《やまおとこ》が住んどった。ある日、女子《おなご》をつれて帰って、そいで夫婦《みょうと》になってな、子もできよった。女子は山男に、

「山から帰った時にゃ、必らず表から〈帰った〉と声をかけてくんな」

っていうので、男はいつもそのようにしとったんやが、ある日、

「なんで、あんなこといおんねやろ」

というて、なんにもいわずに家の中へ入ってみやってんと。ほたら、女子は部屋いっぱいにとぐろを巻いた白蛇やってんが。女子は見られたことを知ったもんやさかい、男に、

「いとまくれ」

といやってん。ほたら、男は、

「お前にいとま出したら、この児をそだてられんよって、いとまようやらん。」

そういうたら、女子は、

「どうでも、いとまくれ、児は育つようにしたるよって。」

そういうて、自分の眼の片いっぽをくり抜きやって、

「これ、ねぶっとけっ」

というて出て行かってんと。

児は、それをなめずって大きうならってんけど、なめちゃある間に、だんだん小さくなってしもうて、とうとう消えてしもてんが。ほたら、どこからか、母さんの白蛇がでてきやってな、残ってたもう一つの目玉をくり抜いて児にやらってんと。

そいで、二つとも目玉をやらったもんやさかい、とうとうめくらになってしもたんや。そいで、昼と夜の区わけがつかんようになってしもうたんでな。

「これから朝は三つ、晩は六つ、鐘を鳴らしてくれんか。」

そういうて男のところへたのみにきやってんと。そいで、山男は一生懸命はたらいて、とうとう、池のほとりに寺を建てやって、竜泉寺ちゅう名前つけて、境内に白蛇のために竜王堂もたてててやらってんが、そいで、今でも朝に三つ、晩に六つ、鐘が鳴ってんねと。

はなし　小島千夫也

蟻通明神《ありとおしみょうじん》

〔吉野郡〕

むかし、中国の王さんが日本の国を攻めようとしやってんけど、もし日本にかしこいもんがおって敗けたら具合悪いとおもやってな、

「いっぺん、難題ふっかけて智恵だめししたろ。」

そういうて、曲りくねった細い穴を持った七つの鉄の玉をつくって、

「これに、縄を通して一連のものにしてくれ。」

そういうて使いのものに、みかどはんのとこへ持ち込まってんと。

みかどさんは、えらい学者を集めやって、いろいろ相談しやったが、ええ智恵が出やひんで、困っちゃったら、ある中将《ちゅうじょう》はんがな、

「こうしたら、いいんで。」

そういって、七《なな》つの鉄球の一つ一つの穴の出口に、甘《あま》ーい蜂の蜜《みつ》をつけやってな、もう一方の穴の入口から尻尾に糸をつけたアリ（蟻）を入れやってん。ほたら、アリさんはうんまい蜜の香りにさそわれて曲りくねった球の穴道を、ずんずん通り抜けよったんやと。そこで、細い糸に縄

をゆわいつけやって、もとの方へ引っぱらったら、うまいこと七つの球が一連のもとになってんと。みかどさんは中国の王さんに、

「この通りですわ」

って見せやはってんと。びっくりしやった中国の王さんは、こんどは二度目の難題を日本へ持ち込まってん。それは本《もと》と末《すえ》が同じ太さの大木を持ってきて、

「どちらが先か、本か」

っていうんや。そいで、こんども中将さんはいろいろ考えやはった末に、

「ポン」

と、膝を打って、

「そうや、これがいい。」

そういうて、その大木を川へ流してな、

「川下《かわしも》の方を向こったのが本だ」

ちゅうて、中国の王さんに返事しやったということや。そいでな、中国の王さんも、こんどはほんまにびっくりしやはって、

「日本にも智恵もんがよるわい。こりゃ、うかうか、攻めていったら敗けるわい。」

そういうて、とうとう攻めるくわだてをやめらってんという話や。

そこでな、賢い中将はんを、神さまに祭ったのが蟻通明神ということやが、むかしはご神前に、

七つだにまがれる玉の緒をぬきて
　阿りとをしとは我ハ志らずや
とよんだ和歌をしるした額があってんと。

参考　『吉野旧事記』

猟師と子熊

〔吉野郡〕

むかし吉野の山奥にかりうどが住んでやってな。鉄砲うちが上手で、毎日山へ出て、鳥やけものを打ってやってんと。ある日、大きな一匹の熊を打って、かついでかえって、

「久しぶりにどえらいのがかかりよった。」

そういうて、祝い酒飲んでぐっすり寝こんでしまやってんが、そやけど、夜中になって、ふと目をさまさった時、台所の方で何やら音がするやんか。そっと見にいかったら、大きな熊のつるしたるそこらたーで、何やら動いとるものがあるねん。

「いまごろ、何やつやろ。」

そう思うて、ようよう見やったら、小さい熊が二匹、いろりのそばと、大きな熊のそばをあっちこっちしとんねが。

いろりのこり火で小さい手をぬくめては、大きな親熊の鉄砲の傷口をなでてぬくめとってんが。親熊はとうに死んでいるのに……二匹の子熊は、かわるがわる一生懸命にぬくめてさすっとんねが。

かりうどはそれを見て、

「えらい、かわいそうなことをしてしもたもんや。」

そう思うて、あくる日、死んだ親熊も売るどころか、畑の隅にうめておがんでやらってんと。

そいで鉄砲打ちもぷっつり、やめにしやってんと。

はなし　松本智恵子

猟師と一本足の怪物〔吉野郡〕

ずっとずっとむかしの話や。野迫川村《のせがわ》から十津川村《とつかわ》の神納川《かんの》の谷へ越える峠〈伯母子峠《おばこ》〉は、もと高野山から熊野へのだいじな道じゃったが、今は荒れ果てて越す人もない。標高一三四一米、上下五里といわれた大峠に、一本足の化物《ばけもん》がおってな、美しい女になって出てきよってんと。

あるとき、天野《あまの》（高野山の西）からやってきやった猟師が、この峠で美しい女にあわってんと。そやけど、怪しいと思わってな、

「ズドン」

ちゅうて、鉄砲打たったら、女は手で弾《たま》を受けては投げ、受けては投げ、受けては投げ捨てて、猟師に迫ってきよってんがー。そいで、とうとう猟師は、女に手あわせやって、

「七日《なぬか》（一週間）の間、命、貸しとくなわれー。」

そういうてたのまってんと。ほたら、女は、

「うん。」

そういおったんで、高野《こうや》の里へ帰ってきやった猟師はんは、鎮守の天野《あまの》さん（丹生都姫《にうつひめ》）の前へお籠りして、一生懸命祈ってやってんとー。最後の六日目の夜、つかれてしもうて、〝うとうと〟と寝てやったら、丹生都姫が天女の姿になって夢の中に出現しやはってんが。ほてな、

「タマは二つ打て。」

そういうて姿が消えたんで、はっと気が付かった猟師は、神さまのお告げをいただいて、喜び勇んで七日目の朝、もういちど、伯母子峠へ登って行かったら、案の定、女が待っとってんと。そいで、前のように、鉄砲を、

「ズドン」

と打っちゃってんが。すると、女は前と同じように受けては投げ、受けては投げしよったんで、一番最後に神さまに教えてもらったように、タマを二つこめて、

「ズー、ドドン」

と、打たったら、さすがの化物も、あとから飛んできた二つ目のタマに気が付かんとおったんで、とうとう、当ってしまったんや。

猟師は、山刀で女の命を取ろうとしやると、女は、息たえだえしながら、

「助けとくなわれ……」

そういうて手を合せてたのみよんので、猟師はん、

「これからもう、人の命を取らんのやったら、今だけは助けたーる。」

そういわったら、女は、

「もう、決してそういうことはしません。でも、全然取らんでは食うもんがあらひんので、〟ハテ（果て）の二十日《はつか》（十二月二十日）〟だけは、この峠を通る人の命をもらいたはんねー」っといおってんが。

猟師はんも、一年に一回、一日ぐらいは、良かろうと許してやらったというこっちゃ。そいで、今でも、

「ハテの二十日には山へ入ったらあかん。」

そういうてるというそうな。

〈注・「猟師と一本足の怪物」の話は、奥吉野の各地に同じような話（類話）が、たくさんのこっています。〉

はなし　堀　祐治

わらべ唄

まりつき唄

一《いち》もんめの　一助《いすけ》さん
一《い》の字が　きらいで
一万一千一百億　一斗一斗一斗万の
お札の　おさめてひょうたん
二もんめに　わたった

二もんめの　二助さん
二の字が　きらいで
二万二千二百億　二斗二斗二斗万の
お札の　おさめてひょうたん
三もんめに　わたった
（四もんめ、五もんめと続く）

〔奈良市〕

おはぎが　お嫁に　いくときは
あんこと　きな粉で　お化粧して
まあるい　お盆に　のせられて
明日は　出発　一の関

一番始めは　一の宮
二は日光の　東照宮
三で讃岐の　金ぴらさん
四で信濃の　善光寺
五つ出雲の　大やしろ

〔高市郡〕

六つ村々　鎮守さん
七つ成田の　不動さん
八つ八幡の　八幡さん
九つ高野の　こうぼうず
十で東京の　泉岳寺
これほど信心　したけれど
浪子の病気は　治らない
武夫が戦争《いくさ》に　行く時に
浪子は白い　まっ白い
ハンカチふりふり　ネーあなた
早く帰って　ちょうだいな
ゴーゴーゴーと　なる汽車は
武夫と浪子の　別れ汽車

〔桜井市〕

あんたとこ　どっこさ
肥後さ　肥後どこさ
熊本さ　熊本どこさ　えんまさ
えんま山には　狸がおってさ
それを猟師が　鉄砲でうってさ
にてさ　やいてさ　くてしもうた

〔桜井市〕

一《いち》かけ二かけ三かけて
四かけて五かけて六かけて
七かけ八かけ橋かけて
橋の欄干腰おろし
はるか向うを見渡せば
十七、八の娘さん
片手に花持ち線香もち
どこへ行くのとたずねたら
私は九州鹿児島の
西郷隆盛　娘です
明治十年たたかいに
打たれて死んだ父上の
お墓まいりを　いたします
お墓の前で手を合せ
なむあみだぶつとおがみます

おがんだあとから　幽霊が
ふうわりふわりと　とんできた
〔桜井市〕

いちりっとら
らっとげっとせ
とがほけきょうの
たかちほの　ちょんまげ

二りっとら、……（以下くり返し）
〔吉野郡〕

あんた　どこの子
お寺の　うらの子
きょうみた　夢は
大阪ねえさん　べっぴんさん
京都のねえさん　舞子さん
東京のねえさん　バレー
いなかのねえさん　田植え
〔宇陀郡〕

七百十　七百二十　さんだいちょ
梅にうぐいす　朝日に輝くに
松茸　水仙　さんだいちょ
おまわり十　おまわり二十
おまわり　さんだいちょ
〔桜井市〕

お手玉唄

一つ二つの　あかちゃんが
三つミルクを　飲みすぎて
四つ夜中に　腹いたを
五ついつもの　お医者さん
六つ向いの　看護婦さん
七つ泣いても　なおりません
八つやっぱり　なおりません
九つこれでも　なおりません
十《とう》でとうとう　死んじゃった
〔吉野郡〕

おいっこ　おいっこ　おろしておさら
お二《ふた》つ　お二つ　おろしておさら
お三つ　お三つ　おろしておさら
お手しゃみ　お手しゃみ　おろしておさら
おはさみ　おはさみ　おろしておさら
およなの　おさら
かいかいどう　かいかいどうで
さざりこ　とん
なかよせ　しわよせ　おさら
しわぬき　おさら
小さい川　通して　おさら
大きい川　通して　おさら
およなの　おさら
〔北葛城郡〕

受取った　受取った
三よのさかずき　受取った
これからどなたに渡しましょう
白壁ずくしの　黒壁ずくしの
○○さんに　わたしましょ
〔桜井市〕

長谷《はせ》のぼたんは　よい牡丹
お耳をまわして　すっちょんちょん
もひとつ廻して　すっちょんちょん
〔桜井市〕

子守唄

ねんねしなされ　ねた子はかわい
おきて泣く子は　つらにくい
うちのこの子は　えらい子でござる
だれもあほやと　いうてくれな
うちのこの子に　赤いべべ着せて
つれてまいろか　宮まいり
この子ねやしといて　宮さんたてて

この子おきたら　宮まいり
うちのこの子に　なに買うてくわそ
さと《（砂糖）》かまんじゅか　城《しろ》の口《くち》

〔御所市〕

ねんねころいち　天まのいちや
大根そろえて　船につむ
船につんだら　どこまで行きやろ
木津やなんばの　橋の下

〔大和郡山市〕

ねんねんころりよ　おころりよ
ねんねよい子じゃ　ねんねしな
ねんねのおもりは　どこへいた
あの山越えて　里へいた
里のおみやに　なにもろた
でんでん太鼓に　笙の笛

〔北葛城郡〕

雨の唄

雨のしょぼしょぼ　ふる晩に
まめ玉とっくりもって　酒買いに
雨こんこんふってきた
コーヤのおばちゃん　ないててや

〔生駒郡〕

風の唄

オーサム　コサム
さるのじんべ　かってこい

〔北葛城郡〕

お月さんの唄

お月さん　なんぼ
十三　七《なな》つ

まだとしゃ　わかいな
そりゃ　まだ若いの
こんど　京へのぼったら
まる金の　ぜぜで
いともち　買うて
誰にやろかな
〇〇ちゃんに
みな　やれ
〔天理市〕

植物の唄

キンカン皮くて　身やろか

ツクツクさん
ハカマはいて　でてちょうだい

しわしわ柳　おれたらかしの木

ゴマメ　かわいそに
ホーラクの中で
逃げよか　走ろか
腹切って　死のか
〔北葛城郡〕

動物の唄

山から子ザル三匹おりてって
ナマズ三匹つかまえた
手でとんのも　こわいし
足でとんのも　こわいし
あんまりこわいさに　ドロミ《（竹籠）》ですくって
コトコトと切って
クックツとたいて
あー　うまかった
〔宇陀郡〕

うさぎうさぎ　なに見てはねる
十五夜お月さん　見てはねる

ねこがねずみとる
いたちがわらう　チョンチョン

〔北葛城郡〕

正月の唄

〔歳時唄〕

正月来たら　なにうれし
お雪のような　ままたべて
わりきのような　ととそえて
碁石のような　あも（餅）たべて
こたつへあたって　ねんねこしょ

一《ひと》め二《ふた》め　みやこし　よめご
五《い》つやの　むさし
七《なな》やの　やくし
ここの屋根　とまった

正月どん　どこまで
栗原山《おおばら》の　すそまで
みやげ　なになに
こうじんみかん　たっちんぼ
たっちんぼの　道で
がんこ（元興寺の鬼）どがでよって
ちょっとせんちへ　かくれて
びっちぐそで　すべって
かったぐそで　鼻ついて
アークサヤッツン
ツンヤのおかかに　子ができて
おうたりだいたり　かかえたり
かかえたぼっちゃん　おとしなや
おとしてもだんない　てかけの子

〔桜井市〕

十夜の唄

こど（神殿）の村　あんよう寺（安養寺）

今度　しゅうきの　こんりゅうなみ
あみだん　ぶつぶついんだら
あかめし　もったった
十夜《じゅうや》のばんに　重《じゅう》箱ひろて
あけてみれば　ほほほこまんじゅ
〔奈良市〕

粉挽《こなひ》き唄

コーヤ《（高野）》の　弘法大師
この子だいて　粉ひいて
この子の目へ　粉はいって
こんどから
この子だいて　粉ひこまいな
〔山辺郡〕

〔遊戯唄〕

なわとび

郵便さん　お早よ　はがきが落ちました
拾ってあげましょ
一枚　二枚　三枚　四枚……
郵便さん　さようなら

郵便さん　走りゃんせ
もうかれこれ　十二時や
えっさか　もっさか　どっこいしょ

俵のおねずみ　一匹ちょん
ほら　二匹ちょん
ほら　三匹ちょん
俵のおねずみ　一匹逃げた
ほら　二匹逃げた
ほら　三匹逃げた
〔御所市〕

ゆうびんさん　おはいり
はいよろし
じゃんけんぽんよ　あいこでしょ
まけたおかたは　でてちょうだい

おつぎのおかた　おはいり
はいよろし
じゃんけんぽんよ　あいこでしょ
まけたおかたは　でてちょうだい　〔吉野郡〕

大なみ　小なみで
ひっくりかえして
アッパッパ

おうのおばさん
いも　にんじん　さんしょ　しいたけ
ごぼう　ろうそく　なっぱ　はっぱ
きゅうり　〔橿原市〕

ゆび遊び

ひばり　ひばり
おまえのうっちゃ　どこぞ
あの山こえて
この谷こえて
ここじゃ　ここじゃ　〔山辺郡〕

この子とこの子と　けんかして
ちっこべた　かもて
おやじさんが　おこって
弁天さんの挨拶で
かたくんだ　かたくんだ　〔桜井市〕

ちーちゃん　ぱーちゃん
おにぎり　ちょうだい

紙につつんだ
おにぎり　ちょうだい
キスくて　パスくて
どんなとなっと　ホイ
〔五条市〕

子もらい遊び

たんす長持　どの子がほしい
○○さんが　ほしい
どうして　行くの
かごに乗って　おいで
エッサホイサと　行くわ
汽車に乗って　おいで
ポッポーと　行くわ
〔奈良市〕

○○さんとなつめと　はないちもんめ
○○さんとなつめと　はないちもんめ
じゃんけんぽいよ　あいこでしょ
勝ってうれしや　はないちもんめ
負けてくやしや　はないちもんめ
〔桜井市〕

にらめっこ

だるまさん　だるまさん
にらめっこ　しよか
わろたら　まけや
ウントコ　ドッコイショ
〔磯城郡〕

言葉遊び

のりやのの　おっさんの
のりくての　しんでんの
あしたのの　そうしきの
うるさいの

あんたちょっと「ハイ」といってみ

「ハイ」
はいは畑の根ぶかのこえ
〔大和郡山市〕

大阪し　し丁目
しおやの　しんすけさん
しお四升　しがんで《（噛む）》
しろ目むいて　しんじゃった

みこしどこ行く　春日の山へ
春日の山から　谷底見れば
小さな子どもが　小石を拾って
紙につつんで　紺屋へ投げた
紺屋の番頭さんは　金かと思て
開いて見たれば　小石でござった
〔奈良市〕

かくれんぼ

ぼんさん　ぼんさん　どこいくの
あの山越えて　酢買いに
わたしもいっしょに　つれてんか
おまえらいったら　じゃまになる
かんかん坊主　かん坊主
うしろの正面　だあれ

げんこつ山の狸さん
おっぱいのんで　ねんねして
抱っこして　おんぶして
またあした
じゃんけんぽい
〔生駒市〕

かぞえ唄

一つひよ子の　米の虫　たいろくないたいろく
ない
二つ舟には　せんどさんが　たいろくないたい
ろくない

三つ店やの　おもちゃ持て　たいろくないたい
　ろくない
四つ横浜　いじんさんが　たいろくないたいろ
　くない
五つ医者ばの　薬箱　たいろくないたいろくな
　い
六つ昔の　さむらいさんが　たいろくないたい
　ろくない
七つ泣虫　ひねりもち　たいろくないたいろく
　ない
八つ山には　こんこんさんが　たいろくないた
　いろくない
九つこじきが　おわん持て　たいろくないたい
　ろくない
十でとのさん　お馬にのって　たいろくないた
　いろくない
〔天理市〕

一でいもやの　ほっこりさん
二で肉屋の　きり子さん
三でさかなやの　鯛子さん
四でしじみやの　しる子さん
五でごんぼやの　きんぴらさん
六でろうそくやの　あかりちゃん
七で質屋の　ながれちゃん
八でやおやの　ねぎ子ちゃん
九つ粉やの　しろ子ちゃん
十でとうふやの　しかくちゃん
〔北葛城郡〕

いちで　いもぬすんで
にで　にげて
さんで　さがして
しで　しれて
ごで　ごんぼでなぐられて
ろくで　ろうやへいれられて
なゝつ　泣くやらわめくやら
はちで　はじかいて

くで　くわでたたかれて
とうで　とうきょへながされた
〔奈良市〕

しりとり

さいなら　三角　明日になったら四角
四角は豆腐　豆腐は白い
白いは兎　兎は走る
走るは自動車　自動車はくさい
くさいは便所　便所は黄色
黄色はバナナ　バナナは高い
高いは富士山　富士山は寒い
寒いは北海道　北海道は遠い
遠いは東京　東京は天皇陛下バンザイ

＊　＊　＊

おせおせ　ごんぼ
でたもん　たにし
押しくら　まんじゅう
押されて　泣くな

いもむし　ころころ
あとのもの　ちょっとこい
いもむし　ころころ
ひょうたん　ぽっくりこ

しびれ　京へのぼれ
今日は　京のまつりじゃ
京のおばさん　あもついて
まってや　まってや

しょういちいなり大明神
いなりさんのことなら　どこまでも
ぼたんにからしし　竹に虎

その手でおしょさんの　顔なでた
おしょさんは　びっくりして
とんでにげた　ヨイヨイ
〔奈良市〕

げたかくし　ちゅうれんぼ
橋の下の　ねずみが
じょうりをくわえて　ちゅちゅちゅちゅ
ちゅちゅのまんじゅが　だれがくた
だーれもくわひん　わしがくた
裏からまわって　三軒目
表のかんばん　三味線や
〔桜井市〕

〔雑の唄〕

地名をよんだ唄

多武峯《とうのみね》のすずめどん　ここらへうせて
籾食て粟くてポー
戒重《かいじゅう》かごかき　横内《よこうち》よめ入り
仁王堂にぎりめし　箸にさいてころころ
三輪でとと買うて　桜井で酒のんで
河西《こうざい》でこけて　谷《たに》でたたかれて
長門《ながと》で泣いて　八丁《はっちょう》で走って
阿部であまい買うて
生田《おいだ》でおとした
〔桜井市〕

本文中、現在では用いられない表記・表現がありますが、刊行当時の資料的意味と時代性を尊重し、そのままにしてあります。ご了承ください。

また、再刊にあたり、連絡のとれない関係者のかたがいらっしゃいます。ご存じの方がおられましたら、弊社までご連絡ください。

（編集部注）

[新版] 日本の民話75
奈良の民話
一九八〇年八月二〇日初版第一刷発行
二〇一七年四月一五日新版第一刷発行
定価 本体二〇〇〇円+税
編者 松本俊吉
発行者 西谷能英
発行所 株式会社 未來社
〒一一二―〇〇〇二
東京都文京区小石川三―七―二
電話 (〇三) 三八一四―五五二一 (代表)
振替〇〇一七〇―三―八七三八五
http://www.miraisha.co.jp/
info@miraisha.co.jp
装幀 伊勢功治
印刷・製本 萩原印刷
ISBN978-4-624-93575-7 C0391

［新版］日本の民話

（消費税別）

1	信濃の民話	＊二二〇〇円
2	岩手の民話	＊二〇〇〇円
3	越後の民話　第一集	＊二二〇〇円
4	伊豆の民話	＊二〇〇〇円
5	讃岐の民話	＊二〇〇〇円
6	出羽の民話	＊二〇〇〇円
7	津軽の民話	＊二〇〇〇円
8	阿波の民話　第一集	＊二〇〇〇円
9	伊豫の民話	＊二二〇〇円
10	秋田の民話	＊二二〇〇円
11	沖縄の民話	＊二〇〇〇円
12	出雲の民話	＊二〇〇〇円
13	福島の民話　第一集	＊二〇〇〇円
14	日向の民話　第一集	＊二〇〇〇円
15	飛驒の民話	＊二二〇〇円
16	大阪の民話	＊二〇〇〇円
17	甲斐の民話	＊二〇〇〇円
18	佐渡の民話　第一集	＊二〇〇〇円
19	神奈川の民話	＊二〇〇〇円
20	上州の民話　第一集	＊二〇〇〇円
21	加賀・能登の民話　第一集	＊二二〇〇円
22	安芸・備後の民話　第一集	＊二二〇〇円
23	安芸・備後の民話　第二集	＊二〇〇〇円
24	宮城の民話	＊二二〇〇円
25	兵庫の民話	＊二〇〇〇円
26	房総の民話	＊二〇〇〇円

＊＝既刊

27	肥後の民話	＊二〇〇〇円
28	薩摩・大隅の民話	＊二〇〇〇円
29	周防・長門の民話　第一集	＊二二〇〇円
30	福岡の民話　第一集	＊二〇〇〇円
31	伊勢・志摩の民話	＊二〇〇〇円
32	栃木の民話　第一集	＊二〇〇〇円
33	種子島の民話　第一集	＊二〇〇〇円
34	種子島の民話　第二集	＊二〇〇〇円
35	越中の民話　第一集	＊二二〇〇円
36	岡山の民話	＊二〇〇〇円
37	屋久島の民話　第一集	＊二〇〇〇円
38	屋久島の民話　第二集	＊二〇〇〇円
39	栃木の民話　第二集	＊二二〇〇円
40	八丈島の民話	＊二〇〇〇円
41	京都の民話	＊二〇〇〇円
42	福島の民話　第二集	＊二〇〇〇円
43	日向の民話　第二集	＊二〇〇〇円
44	若狭・越前の民話　第一集	＊二二〇〇円
45	阿波の民話　第二集	＊二〇〇〇円
46	周防・長門の民話　第二集	＊二二〇〇円
47	天草の民話	＊二〇〇〇円
48	長崎の民話	＊二〇〇〇円
49	大分の民話　第一集	＊二〇〇〇円
50	遠江・駿河の民話	＊二〇〇〇円
51	美濃の民話　第一集	＊二〇〇〇円
52	福岡の民話　第二集	＊二二〇〇円
53	土佐の民話　第一集	＊二二〇〇円
54	土佐の民話　第二集	＊二二〇〇円
55	越中の民話　第二集	＊二〇〇〇円
56	紀州の民話	＊二〇〇〇円

57　埼玉の民話　＊二〇〇〇円
58　加賀・能登の民話　第二集　＊二二〇〇円
59　大分の民話　第二集　＊二〇〇〇円
60　佐賀の民話　第一集　＊二〇〇〇円
61　鳥取の民話　＊二〇〇〇円
62　茨城の民話　第一集　＊二二〇〇円
63　美濃の民話　第二集　＊二〇〇〇円
64　上州の民話　第二集　＊二〇〇〇円
65　三河の民話　＊二二〇〇円
66　尾張の民話　＊二二〇〇円
67　石見の民話　第一集　＊二〇〇〇円
68　石見の民話　第二集　＊二〇〇〇円
69　佐渡の民話　第二集　＊二〇〇〇円
70　越後の民話　第二集　＊二〇〇〇円
71　佐賀の民話　第二集　＊二〇〇〇円

72　茨城の民話　第二集　＊二〇〇〇円
73　若狭・越前の民話　第二集　＊二〇〇〇円
74　近江の民話　＊二〇〇〇円
75　奈良の民話　＊二〇〇〇円
別巻1　みちのくの民話　二〇〇〇円
別巻2　みちのくの長者たち　二〇〇〇円
別巻3　みちのくの和尚たち　二〇〇〇円
別巻4　みちのくの百姓たち　二〇〇〇円